Eugen Egner
SCHMUTZ

Eugen Egner

Schmutz

k u k

1. Auflage – März 2008

Für die Arbeit an diesem Buch erhielt der Autor freundliche Unterstützung durch das Land Nordrhein-Westfalen.

»kuk« ist ein Imprint der Edition Phantasia

Umschlagbild: Eugen Egner
Lektorat: Heiko Arntz
Satz, Layout: Edition Phantasia
Gesamtherstellung: TZ-Verlag & Print, Roßdorf

ISBN: 978-3-937897-27-1

www.edition-phantasia.de

Inhalt

SIRENE

In letzter Zeit wurde immer häufiger vom Auftauchen rätselhafter Gegenstände berichtet, für deren Existenz niemand eine Erklärung hatte und die als Auslöser von Gemütsbrand bezeichnet wurden. Erst gestern hatte Martin wieder davon gelesen, und jetzt, während der Autofahrt zu Nora, hörte er in den Nachrichten, ein solcher Gegenstand sei in einem geschlachteten Schwein gefunden worden. Martin nahm die Meldung nur beiläufig zur Kenntnis, denn er war in Gedanken ganz woanders. Für ihn gab es auf dieser Welt nichts als Nora, seit er sie vor einigen Tagen bei Freunden getroffen hatte. Er hatte sich ihre E-Mail-Adresse besorgt und ihr sein heftiges Entflammtsein mitgeteilt. Und sie hatte ihn daraufhin tatsächlich für heute nachmittag eingeladen.

Nora wohnte eine halbe Autostunde entfernt in einer rußigen Stadt, über der der Himmel von Schwerindustrie-Emissionen verdunkelt war. Aufgeregt, wie er war, verfuhr Martin sich kurz vor dem Ziel und kurvte einige bange Minuten lang fluchend herum, bis er schließlich direkt vor dem alten Mehrfamilienhaus, in dem Nora ihre Wohnung hatte, einen Parkplatz fand. Gerade noch rechtzeitig! Wenige Augenblikke später stand er ihr dann gegenüber, und die restliche Welt verblaßte sang- und klanglos, als sie ihn hereinbat.

Martin spürte augenblicklich, daß er Nora sympathisch war. Sein größter Wunsch war Wirklichkeit geworden! Er konnte sein Glück kaum fassen. Es kam ihm vor wie ein Wunder. Obwohl sie einander vorher erst einmal gesehen hatten, entstand sogleich eine derart vertraute Atmosphäre, daß man meinen konnte, sie wären bereits seit Jahren ein Paar. Bei Tee und Kuchen küßten sie einander. Am Abend, als ihr Leben nicht mehr dasselbe war wie noch vor wenigen Stunden, suchten Martin und Nora ein chinesisches Lokal in der Nähe auf.

Das Paar war so sehr mit sich selbst beschäftigt, daß es beim Überqueren einer Straße beinahe von einem PKW erfaßt worden wäre. Auf der anderen Seite angekommen, verspürte Martin eine plötzliche innere Unruhe. Zuerst glaubte er, es handle sich um eine Folge des Schrecks, merkte dann aber, daß diese Unruhe von etwas anderem ausgelöst wurde, von etwas, das er am linken Rand seines Gesichtsfeld wähnte. Was immer es war, es lenkte ihn von Nora ab und zog seinen Blick auf sich. Am Fahrbahnrand, zwischen zwei geparkten Autos und im Dämmerlicht kaum sichtbar, lag es, irgendwie länglich und walzenförmig. Obwohl Martin gar nicht erkannte, was er da sah, war er dennoch geradezu schockiert. Dieses bißchen Abfall, und mehr konnte es nicht sein, hatte ganz gewiß keine Augen, um ihn so sehnsüchtig anzustarren, wie er es jetzt empfand. Da war eine insistierende Präsenz, ein Wille, der Macht über ihn zu gewinnen versuchte wie ein zu allem entschlossener Psychopath. Diese krankhafte Ausstrahlung, die zweifellos auf ihn allein gerichtet war, ängstigte Martin. Nora war mit einemmal reduziert auf eine dünne, schemenhafte Erscheinung ohne jede seelische Nähe zu ihm. Gegen diese Veränderung wehrte er sich mit aller Kraft, gleichzeitig darum bemüht, sich nichts anmerken zu lassen und so schnell wie möglich aus dem Bereich des verzehrenden Einflusses zu entkommen. In seinem Innern vernahm Martin ein nervenzerreißendes Beben und Wimmern. Am liebsten wäre er davongerannt, je weiter fort, desto besser.

Tatsächlich aber war an Weglaufen gar nicht zu denken, denn das Gehen fiel Martin schwer. Kaum war er fähig, mit Nora Schritt zu halten. Ihr konnte nicht mehr lange verborgen bleiben, daß mit ihm etwas nicht stimmte. Dank einer immensen Anstrengung gelang es ihm, die Kontrolle über sich zurückzugewinnen. Der Sog ließ mit zunehmender Entfernung nach, Nora trat allmählich wieder in den Vordergrund. Martin wandte sich ihr mit Nachdruck zu, begierig sprang er in das wiederauflebende Feuer seiner Verliebtheit, um darin die Erinnerung an das abartige Erlebnis zu verbrennen. Die glückliche Gemütsverfassung, die er auf diese Weise wirklich zurückgewann, blieb ihm erhalten. Weder beim Essen noch auf dem Heimweg zu Noras Wohnung gab es irgendwelche Beeinträchtigungen. Später schlug Nora ihm vor, über Nacht zu bleiben.

In den frühen Morgenstunden, er hatte noch nicht sehr lange geschlafen, fuhr Martin aus einem beängstigenden Traum auf. Zuerst wußte er nicht, wo er war, dann fiel ihm wieder alles ein, der gestrige Tag, sein großes Glück. Der Gedanke, daß Nora neben ihm lag, hatte eine überaus wohltuende Wirkung. Martin drehte sich zu ihr um. Doch als er sie im schwach hereinscheinenden Licht einer Straßenlaterne betrachten wollte, mußte er feststellen, daß er nur das Kopfkissen und die halb zurückgeschlagene Bettdecke ansah. Wahrscheinlich war Nora zur Toilette gegangen und mußte jeden Augenblick zurückkommen.

Aber sie kam nicht. Für Martins Gefühl blieb sie auffallend lange fort, wenn nicht sogar besorgniserregend lange. Ob ihr übel war? Oder litt sie an Schlaflosigkeit und saß irgendwo herum? Er kannte sie ja kaum, wußte noch so wenig von ihren Eigenheiten und Alltagsgewohnheiten. Auf dem Wecker war es zehn vor vier. Draußen fuhr ab und zu ein Auto vorbei, sonst herrschte Stille. Martin lauschte angespannt auf ein Geräusch aus der Wohnung, aber es war nichts zu hören außer dem Surren des Kühlschranks in der Küche.

Nachdem er eine Viertelstunde gewartet hatte, stand Martin auf. Licht brauchte er nicht zu machen, um sich zurechtzufinden. Er verließ das winzige Schlafzimmer und betrat den Flur. Rechts war der Wohnraum, links die Küche, und in beiden hielt Nora sich offensichtlich nicht auf. Blieb nur das Bad, die Vermutung, daß ihr nicht wohl war, schien sich zu bestätigen. Aber diese Stille – womöglich lag sie ohnmächtig am Boden? Gleich in ihrer ersten gemeinsamen Nacht ein solch ernüchternder Vorfall! Martin machte sich auf das Schlimmste gefaßt, als er die Tür öffnete und das Licht einschaltete.

Auf das, was er dann zu sehen bekam, war er jedoch nicht im mindesten vorbereitet. Denn nicht Nora lag da auf den Fliesen, sondern ein Häufchen Schrott, schwärzlich, mehr oder weniger länglich und walzenförmig, eventuell zweiteilig – anscheinend dasselbe, das Martin auf dem Weg zum Restaurant gesehen hatte. Und es attackierte ihn auch auf die gleiche Weise. Da war wieder dieses augenlose, sehnsüchtige Starren, das ihn zu verzehren drohte und ein übelkeiterregendes Beben und Wimmern in seinem Innern erzeugte. Diesmal steigerte es sich sogar zu einem schrillen Kreischen. Für zwei oder drei Sekunden fühlte Martin sich wie jemand, der unter Strom stehendes Metall berührt hat und nicht mehr loskommt. Es schüttelte ihn, und er hörte sich selbst unkontrolliert schreien. Endlich schaffte er es, zurückzuspringen und die Tür von außen zuzuschlagen. Er wollte auf der Stelle die Wohnung verlassen, begriff aber, daß er vorher ins Schlafzimmer zurück mußte, um sich anzuziehen. Wieder fiel ihm das Laufen schwer, und er mußte sich gewaltig anstrengen. Wie hatte dieses Ding ihm in die Wohnung folgen können? Und wo war Nora? Doch das war jetzt unwichtig, er wollte fort, nur fort. Zitternd erreichte er das Schlafzimmer und begann im Dunkeln, seine Sachen zusammenzusuchen. Hoffentlich würde das abscheuliche Ding im Bad bleiben, bis er draußen war! Martin spürte die gewaltige Intensität des fremden Willens. Eine perverse Form der Zuneigung war es, die sich ihm da unbegreiflicherweise aufdrängte. Weil er keine Zeit zu verlieren hatte, beschloß er, sich erst außerhalb der Wohnung anzuziehen und jetzt nur alles an sich zu raffen, was ihm gehörte. Er konnte froh sein, wenn er unbehelligt am Bad vorbeikam und das Treppenhaus erreichte.

Plötzlich raschelte das Bettzeug, auf der Matratze bewegte sich etwas. Martin glaubte, sein Herz bleibe stehen. Im selben Moment hörte er Nora mit schlaftrunkener Stimme fragen, was los sei. Ungläubig starrte er hinüber zu dem Bett, das er leer glaubte, und tatsächlich, da lag Nora. Wo sie denn auf einmal herkomme, fragte Martin hilflos. Nora beteuerte, sie habe die ganze Zeit in ihrem Bett geschlafen. Das könne nicht sein, widersprach Martin, er habe sie überall vergeblich gesucht und dabei etwas Furchtbares gefunden. Es sei da etwas in der Wohnung, vor dem man schnellstens fliehen müsse. Unsinn, sagte Nora, er müsse geträumt haben und sich das alles einbilden. So etwas könne schon einmal vorkommen, er solle sich keine Sorgen machen, sondern lieber weiterschlafen. Martin wehrte sich vehement gegen diese ahnungslose Interpretation, fast schrie er. Bei dem Versuch, Nora klarzumachen, in welcher Gefahr sie beide schwebten, hatte er Schwierigkeiten, Worte für das Phänomen im Bad zu finden. Natürlich hielt Nora alles für Hirngespinste. Martin hatte Angst, in ihrer Achtung zu sinken; sie konnte ihn ja kaum ernst nehmen, wenn er solche Geschichten machte. Er fühlte sich ihr deutlich unterlegen, als sie ihn mütterlich-resolut aufforderte, sich wieder hinzulegen, und dann selbst aufstand, um nach dem rechten zu sehen.

Das Beben und Greinen in Martins Kopf hatte sich während des Gesprächs mit der Geliebten gelegt, und er kroch gehorsam unter die Bettdecke. In diesem Augenblick glaubte er schon nicht mehr, daß Nora im Bad etwas finden würde. Ihre leisen Schritte entfernten sich in Richtung Bad, dann war es still. Kein Aufschrei, nichts. Martin lag im Dunkeln und lauschte. Nora hatte recht, er mußte sich das alles eingebildet haben.

Es blieb still. Aber wo blieb Nora? Sie müßte doch längst zurück sein! Was hatte das jetzt zu bedeuten? Es kam Martin in den Sinn, Nora könne lautlos getötet oder dematerialisiert worden sein. Je länger der Zustand andauerte, desto größer wurde sein Unbehagen. Er zweifelte nicht mehr daran, daß Nora etwas zugestoßen sein mußte. Eine gräßliche Nacht war das geworden, dabei hatte sie doch so gut angefangen! Diese Entwicklung konnte der jungen Beziehung kaum zuträglich sein. Jetzt war es so weit, er mußte Nora suchen gehen. In diesem Moment ließ ihn ein sehr nahes Geräusch zusammenzukken: Ein Rascheln von Noras Bettzeug.

Wenn sie da jetzt wieder lag, ohne daß er mitbekommen hatte, wie sie zurückgekehrt war, stimmte etwas mit ihm nicht. Dann mußte er sich Sorgen um seinen Verstand machen. Ängstlich wandte er den Kopf zur Seite, um sich zu vergewissern. Nora war nicht da. Was aber hatte sich dann in ihrem Bett bewegt? Da war es wieder, dieses Rascheln. Und atmete da nicht jemand schwer? Beherzt schaltete Martin die Nachttischlampe ein und schlug Noras Decke zurück. Er konnte nicht anders als abermals schreien, denn auf dem Laken befand sich eben derselbe undefinierbare Abfall, der ihm vorhin im Bad aufgelauert hatte. Detonationsartig brach, unerträglicher als je zuvor, das Beben und Kreischen in seinem Innern aus. Ihm war, als ob jene wahnsinnige Macht ihn zu

Tode begehren wollte. In der nächsten Sekunde war er auf den Füßen, riß seine Kleidungsstücke an sich und floh aus der Wohnung.

Auf Beinen, die ihm kaum gehorchen wollten, hastete er die Treppe hinunter zur Haustür, die glücklicherweise nicht abgeschlossen war. Mit fliegenden Händen zog er sich an, dann lief er hinaus zu seinem auf der Straße geparkten Wagen. An Nora dachte er nicht länger. Um jeden Preis mußte er den Wirkungskreis dieser äußersten Bedrohung verlassen. Die Frage war nur, ob es ihm gelang. Der Motor wollte nicht anspringen, wieder und wieder drehte Martin den Schlüssel im Zündschloß. Er zitterte immer stärker, und in seinem Kopf kreischte es lauter und lauter. Gequält sah er aus dem Seitenfenster. Auf dem Grünstreifen neben dem Bürgersteig lag ein walzenartiger, sich nach einem Ende hin verjüngender, schwarzer Gegenstand wie aus Gummi, der aber ganz offenbar lebte, denn er atmete schwer. Etwas dem Endstück eines Gartenschlauches oder einem kleinen Brausekopf Ähnliches lag daneben, vielleicht durch einen Schlauch mit dem anderen Teil verbunden, vielleicht auch nicht. Es drängte sich der Eindruck auf, das bißchen Gerümpel blase die Backen auf, obwohl es gar keine hatte, und schreie dabei. Endlich sprang der Motor an …

Martin ließ ihn laufen, ohne loszufahren. Er konnte den Blick nicht von seinem Verfolger abwenden. Wozu überhaupt fliehen? Weshalb sich nicht sofort ergeben? Wenn er jetzt auch davonfuhr, würde ihm das doch nichts nützen. Er mußte damit rechnen, daß in jedem beliebigen Moment, an jedem beliebigen Ort die penetrante, Gemütsbrand verursachende Plage auftauchte. Mitten in einem gewagten Ausweich- oder Überholmanöver konnte etwas sein Gesicht berühren, etwas Brausekopfartiges, und das, was Martin mit einem Seitenblick, der nur einen Sekundenbruchteil zu lang ausfiele, auf dem Beifahrersitz erkennen würde, wäre der letzte Gegenstand, den er in seinem Leben sähe.

SCHNEE

Als Reichard den Hörer abnahm und die Stimme seines Vaters hörte, ahnte er schon, was kommen würde. Seit Wochen schneite es, und der alte Mann klagte bei jedem Anruf darüber, daß er täglich mehrmals Schnee räumen mußte. Das tat Reichard von Herzen leid, aber er konnte doch nicht täglich knapp fünfzig Kilometer hin- und fünfzig Kilometer wieder zurückfahren, nur um früh morgens den Gehweg vor dem Einfamilienhaus freizuschaufeln, das der glücklicherweise noch recht rüstige Witwer allein bewohnte. Er hatte sogar schon überlegt, bei seinem Vater Quartier zu beziehen, bis es aufhörte zu schneien, diesen Gedanken jedoch immer wieder beiseite geschoben. Schließlich saß er gerade an einer Übersetzung, die schnellstens fertig werden mußte.

Was der Vater ihm heute erzählte, klang allerdings alarmierend: »Gestern hab ich beim Schneeschaufeln einen Schwächeanfall bekommen. Ich hab schon gedacht, mein letztes Stündlein hätte geschlagen.«

Besorgt fragte Reichard: »Kann denn niemand von den Nachbarn dein Stück vom Bürgersteig übernehmen?«

»Wer denn?« erwiderte der Vater grimmig. »Die alte Frau Petersen ist seit drei Wochen bettlägerig. Für die muß ich sogar noch mitschippen. Und was den Nachbarn zur Rechten angeht, tja, das ist so ein Problem ...«

Reichard verstand diese Andeutung nicht. Er besuchte seinen Vater einmal im Monat, und diesen Nachbarn zur Rechten, der erst vor kurzem eingezogen war, hatte er noch nie zu Gesicht bekommen.

»Und man ist ja gezwungen, die Gehwege frei zu halten«,

sprach der Vater weiter. »Es kann einen teuer zu stehen kommen, wenn jemandem etwas passiert, weil man nicht geräumt hat. Da gibt es kriminelle Elemente, die Unfälle vortäuschen, um die betreffenden Hauseigentümer zu verklagen. Die warten nur darauf, daß einer mal den Schnee liegen läßt.«

»Ja, ja«, wiegelte Reichard ab. Es war eine Spezialität seines Vaters, zu dramatisieren. Der alte Herr neigte zu absurden Ängsten, Verfolgungswahn und Verschwörungstheorien.

»Doch«, beharrte Reichard senior. »Ist alles schon passiert. Frau Petersen hat es mir erzählt, der haben sie letzten Winter einen Prozess angehängt, weil vor ihrem Haus Schnee gelegen hat und angeblich jemand ausgerutscht ist und sich dabei schwer verletzt hat.«

»Das kann natürlich passieren«, meinte Reichard.

Der Vater lachte höhnisch: »Ja, *kann! Ist* aber nicht. Eine abgekartete Sache war das. Wenn man nicht zahlt, kommen sie ins Haus und erschlagen einen.«

»Du meinst, verklagen.«

»Nein, erschlagen!«

Das ging über das Gewohnte hinaus. Reichard begann, sich Sorgen zu machen – setzte bei seinem Vater allmählich Altersdemenz ein? Es ging jedenfalls nicht an, daß man ihn länger ganz allein solche Herkulesarbeiten verrichten ließ.

»Ich komme zu dir«, sagte Reichard, »und ich bleibe solange, wie es noch schneit.«

Reichard legte auf. Dann holte er aus Kleiderschrank und Wäschekommode, was er für ein, zwei Wochen brauchte, und packte es zusammen mit Laptop, Englischwörterbuch und dem Manuskript, das er gerade übersetzte, in seine Reisetasche. Nachdem er seinen Wagen von Eis und Schnee befreit hatte, fuhr er los.

Eine Dreiviertelstunde später war Reichard bei seinem Vater. Der schien sich überhaupt nicht darüber zu freuen, daß er nun Hilfe bekam, sondern wirkte genau so mißmutig wie am Telephon. Reichard hängte seine Jacke auf und folgte seinem Vater in die Küche. Um ihn aufzuheitern, sagte er: »Na, der Winter kann ja nicht mehr lange dauern!«

»Der Winter ist nicht das Schlimmste«, erwiderte sein Vater, »sondern der schreckliche Kerl von nebenan.«

Reichard fürchtete, nun werde wieder so eine abenteuerliche Geschichte folgen wie die von den kriminellen Elementen, die ins Haus kamen, um die Eigentümer zu erschlagen. Doch stattdessen wechselte sein Vater das Thema: »Ich mach mir jetzt ein zweites Frühstück. Willst du auch was?« Reichard nickte.

Sein Vater bereitete auf umständliche Weise schwarzen Tee zu. Sowie er damit fertig war und das Teelicht des Stövchens angezündet hatte, ging er mit dem brennenden Streichholz zum Wasserhahn, drehte ihn leicht auf und hielt die Flamme in den Wasserstrahl. Dabei schloß er die Augen und machte eine Miene, die allerhöchste Anspannung verriet. Reichard sah ihn überrascht an. Er rätselte, was diese Übung bedeuten mochte. Bevor er dazu kam, seinen Vater darauf anzusprechen, reichte der ihm einen Laib Brot und sagte: »Hier, kannst du schon mal schneiden.«

Als die beiden dann essend und trinkend am Tisch saßen, erkundigte sich Reichard: »Was ist denn nun mit dem schrecklichen Nachbarn?« Und wie erwartet, legte der Vater los.

Ein von Grund auf bösartiger Mensch sei das, regte sich der Vater auf, einer, der ihm immer den Schnee auf den mühsam geräumten Gehweg zurückschippe. Aber damit sei es noch lange nicht genug, nein, der schlechte Kerl beleidige ihn mit Schimpfworten sowie obszönen Gesten und bedrohe ihn sogar obendrein, so daß es dringend geraten sei, nie zur gleichen

Zeit wie jener draußen zu sein, sondern entweder ihm zuvorzukommen und schon sehr früh anzufangen oder aber zu warten, bis er mit Schneeräumen fertig und wieder im Haus sei. So leicht, wie dies sich anhöre, sei es in der Praxis jedoch nicht; trotz dieser Vorsichtsmaßnahmen könne man dem Unhold leicht zum Opfer fallen. Beginne man nämlich als erster, locke man ihn damit unter Umständen an, dann müsse man bei seinem Erscheinen schon weit genug von der Grundstücksgrenze entfernt sein, was bedeute, daß von Anfang an mit höchster Geschwindigkeit ans Werk zu gehen sei. Das nütze natürlich dann nichts, wenn einem währenddessen der Feind die frisch geräumte Strecke wieder mit Schnee zuwerfe.

Reichard, der mit Geduld zugehört hatte, schlug vor, dann doch einfach die zweite Möglichkeit zu wählen und dem Nachbarn den Vortritt zu lassen, doch wie sein Vater ihn belehrte, war dies mitnichten die Lösung des Problems. Es könne nämlich manchmal sehr lange dauern, bis man selbst endlich hinaus und mit der Arbeit beginnen könne, denn der andere gehe ja, wenn er fertig sei, nicht unbedingt gleich wieder ins Haus. Je nach Laune drücke er sich möglicherweise so lange an der Grundstücksgrenze herum, bis die ersten Passanten auftauchten. Dann sei man zwar einigermaßen vor seinen Übergriffen sicher, weil er Zeugen fürchte, doch bestehe gleichwohl die Gefahr, daß jemand auf dem noch ungeräumten Gehweg ausrutsche. Besagte kriminelle Elemente sähen dann ihre Stunde gekommen.

»Darum hoffe und bete ich immer, daß es nicht schneien möge!« rief der Vater. »Aber in diesem verdammten Winter ist alles gegen mich. Als sollte ich vernichtet werden! Durch Arbeitsüberlastung und die Bosheit meines Nachbarn.«

»Hat es irgendwann einmal Streit zwischen euch gegeben? Trägt er dir etwas nach?«

»Ich habe nie mit ihm zu tun gehabt. In keiner Weise. Er ist plötzlich über mich hergefallen, beim Schneeräumen.«

Um den ganzen paranoiden Wust zu entkräften und seinen Vater zu beruhigen, brachte Reichard ein gewichtiges Argument vor: »Mich wird dein Nachbar schon in Ruhe lassen, mich kennt er ja nicht.«

»Dein Wort in Gottes Ohr, Junge«, sagte der Vater. »Ich will dir nicht deinen Glauben an das Gute im Menschen nehmen, aber du hast einfach keine Ahnung, mit was für einer Kreatur wir es da zu tun haben!«

Mehr war für den Augenblick nicht zu erfahren, und Reichard legte auch keinen Wert darauf. Nach dem Frühstück trug er seine Tasche ins Gästezimmer hinauf, um sich für die nächsten Tage dort einzurichten. Der Raum war nicht unbehaglich, es gab ein Klappsofa, auf dem er es sich tagsüber bequem machen konnte. In aller Ruhe brachte er seine Wäsche in dem schmalen Kleiderschrank unter und packte den Inhalt seines Kulturbeutels im Gästebad aus. Der Vater war den Vormittag über mit seiner Junggesellenwirtschaft ausgelastet, bei der er keine Hilfe benötigte, so daß Reichard im Gästezimmer bleiben und sich seiner Arbeit widmen konnte. Ein kleiner Tisch in der Ecke reichte ihm für seine Zwecke vollauf. Es gab auch einen Radiorecorder und eine Schublade voller Musikkassetten, auf die seine Mutter früher Rundfunksendungen klassischer Musik aufgenommen hatte. Was brauchte er mehr?

Das Mittagessen, das Vater und Sohn gemeinsam in der Küche einnahmen, bestand aus einer Tütensuppe und einem aufgewärmten Doseneintopf. Am Nachmittag gingen sie einkaufen. Wieder heimgekehrt, tranken sie Kaffee und aßen Kuchen aus dem Supermarkt. So hätte es für Reichards Geschmack ruhig eine Weile weitergehen können, wenn sein Vater ihm nur nicht immer das gleiche erzählt hätte: Daß der üble Nachbar ihm den Winter zur Hölle mache, indem er ihm den Schnee wieder und wieder auf den Gehweg zurückschaufle, ihn mit Worten und Gesten beleidige und ihm Prügel androhe …

»Das ist ja nun vorbei«, sagte Reichard, dem das Gerede auf die Nerven ging. »Du hast nichts mehr von diesem Menschen zu befürchten.«

»Mensch ist gut! Das würdest du nicht sagen, wenn du ihn schon mal gesehen hättest!«

»Wieso? Wie sieht er denn aus?«

»Häßlich und gemein, unförmig irgendwie und mit einer Visage wie ein Affe. Die Bosheit stiert ihm nur so aus den Augen! Und was das Schlimmste ist: Er taucht ganz plötzlich auf, wie aus dem Boden gewachsen. Im Schnee sieht man ihn erst, wenn es zu spät ist, er ist nämlich ganz weiß. Ob er einen Pelzmantel trägt oder ob das sein eigenes Fell ist, kann ich nicht sagen.«

Reichard hätte am liebsten gesagt: »Du müßtest dich mal reden hören, Münchhausen! Wenn hier einer boshaft ist, dann du!« Weil er sich aber nicht wegen eines solchen Unfugs streiten wollte, schwieg er. Der Vater erzählte weiter: »Anfangs hab ich gerätselt, woran mich dieses Ungeheuer erinnert. Bis es mir dann eingefallen ist.«

Reichard sagte nichts.

»Im Fernsehen habe ich früher mal Phantomzeichnungen vom Yeti gesehen, das hätten Paßbilder von meinem Nachbarn sein können. Yeti heißt ja, wenn ich nicht irre, ›der abscheuliche Schneemensch‹. Passend, nicht? Der Kerl ist eine minderwertige Schneemenschen-Abart.«

»Schneemensch?« wiederholte Reichard unwillig. »Wir sind hier nicht am Himalaya, und selbst da gibt es höchstwahrscheinlich nichts dergleichen.«

»Wart's ab«, sagte sein Vater. »Ich habe dich gewarnt.«

Draußen war es inzwischen dunkel geworden. Sie räumten den Tisch ab, Reichard senior ließ den Rolladen herunter. Dabei erwähnte er auf einmal ganz beiläufig: »Vor ein paar Tagen habe ich Schläge von ihm bekommen.«

Kaum hatte er dies ausgesprochen, als es vom Fenster her ein paarmal so ohrenbetäubend knallte, daß Reichard vor Schreck einen Teller fallen ließ. Draußen schien jemand mit einem Stock gegen den heruntergelassenen Aluminium-Rolladen zu schlagen.

»Na bitte«, rief der Vater aufgebracht, »jetzt erlebst du es selbst!«

Reichard sprang zum Fenster, zog eilig den Rolladen in die Höhe und riß einen Flügel auf, um sich hinauszubeugen. Er erwartete, jemanden um die Hausecke verschwinden zu sehen, wurde aber enttäuscht. Auf den zweiten Blick entdeckte er eine Gestalt, die mitten im schneebedeckten Garten stand und, so weit das im Dunkeln zu erkennen war, herüberzuglotzen schien. Das war also der sagenhafte Nachbar – vielleicht hatte sein Vater ja doch recht?

»Sind Sie des Teufels?« rief er der Gestalt zu, die ganz impertinent stehen blieb, wo sie stand. »Wollen Sie, daß wir Sie wegen Hausfriedensbruchs anzeigen? Machen Sie gefälligst, daß Sie verschwinden!« Der Eindringling rührte sich nicht.

»Mit wem redest du denn?« fragte der Vater. »Der ist doch längst über alle Berge!«

In diesem Moment wurde Reichard klar, daß er einen Schneemann angeschrien hatte. Es war ihm peinlich, doch wunderte er sich gleichzeitig, daß da einer stand. Als er zuletzt bei Tageslicht hinausgeschaut hatte, war da noch keiner gewesen. Wer ihn nur gebaut haben mochte? Vielleicht Nachbarskinder? Warum aber hier und nicht bei sich daheim im eigenen Garten?

»Hat er mir doch wieder so ein Ding da hingesetzt!« hörte Reichard seinen Vater schimpfen und fragte erstaunt:

»Wer?«

»Der Kerl von nebenan«, lautete die Antwort, »das hat er nicht zum ersten Mal getan.«

Im Unterschied zu den Schlägen an den Rolladen fand Reichard das unerwünschte Bauen von Schneemännern auf einem Nachbargrundstück nicht allzu schlimm, wenn er das damit verbundene unbefugte Betreten auch verurteilte. Er wollte sich eben erkundigen, woher er denn wissen wolle, daß der Nachbar der Erbauer sei, als sein Vater zeterte:

»Du mußt dir das Ding mal aus der Nähe ansehen, bei Licht!«

Doch Reichard hatte keine Lust, in die Kälte hinauszugehen. »Das läuft ja nicht weg«, sagte er und verschob die Besichtigung auf den nächsten Tag.

Es war nach neun, als Reichard am nächsten Morgen leidlich ausgeschlafen hinunterging. Sein Vater hatte schon längst gefrühstückt und war soeben beim Wäschebügeln. »Gottlob hat es über Nacht nicht geschneit«, sagte er. »Komm, setz dich, ich koch uns Tee.« Nach dem Anzünden des Teelichts trug der Vater das brennende Streichholz wieder zur Spüle, hielt die Flamme unter den Wasserhahn und drehte diesen auf, wie gehabt mit geschlossenen Augen und hochkonzentriertem Gesichtsausdruck. Reichard vermutete einen weiteren altersbedingten Tic.

Möglicherweise nahm sein Vater selbst nicht einmal wahr, was er da tat, deshalb fragte er ihn rundheraus: »Was machst du denn da Geheimnisvolles?«

Der Vater sah ihn an und überlegte. »Es heißt ja, Nennung bricht den Zauber«, antwortete er dann, »aber weil du nun in derselben Lage bist wie ich, will ich es doch aussprechen. Es ist so: Ich konzentriere mich mit aller Macht auf die Vorstellung, die Flamme sei das Lebenslicht der Bestie von nebenan.«

»Du versuchst, deinen Nachbarn auf diese Weise umzubringen?« Eine Sekunde lang glaubte Reichard an einen Scherz.

Dem Vater war es jedoch ernst damit: »Ich bin sicher, daß es funktioniert, aber es ist sehr schwer. Man braucht enorme geistige Kraft. Du solltest es auch versuchen, gemeinsam erreichen wir das Ziel schneller.«

So weit ist es schon mit ihm, dachte Reichard alarmiert. Wie lange würde es wohl noch dauern, bis er die Verantwortung für einen dementen Vater am Hals hatte? Jetzt brauchte er frische Luft. Er erhob sich. »Ich bring erstmal den Müll raus«, sagte er und nahm den prallen, übelriechenden Beutel mit nach draußen.

Auf dem Weg zur Mülltonne kam er an dem Schneemann vorbei, den angeblich der Nachbar gebaut hatte. Er blieb stehen. Bei Tageslicht war sofort zu erkennen, daß dies kein gewöhnlicher Schneemann war. Auf einem klumpigen, zerbeulten Körper saß ein schauderhafter Kopf, dessen Gesicht an die Totenmaske eines vor Entsetzen gestorbenen Lemuren denken ließ. Eine solche Kreation war eines »bösartigen Schneemenschen« durchaus würdig. Die Frage war nur, ob wirklich der Nachbar der Täter war ... Reichard kam ein ungeheuerlicher Verdacht. Er überlegte, ob vielleicht nicht doch sein Vater als Erbauer der Plastik in Frage kam. Dann wäre der arme Alte ein Fall für die Psychiatrie gewesen. Was jedoch höchst verwirrend war: Es gab keinerlei Fußspuren im Schnee. Seit vierundzwanzig Stunden hatte es nicht wieder geschneit – wie sollte man sich das erklären? Nach den Worten des Vaters war so etwas bereits früher vorgekommen. Und tatsächlich entdeckte Reichard, als er in die Runde sah, an verschiedenen Stellen des Gartens, auch nahe beim Haus, unverkennbare Reste von Schneemännern, möglicherweise von seinem Vater zerstört. Ratlos ging er ins Haus zurück. Er hatte bereits genug von dem ganzen Blödsinn und nahm sich vor, an diesem Tag mit seiner Arbeit voranzukommen. Gestern hatte er nicht viel geschafft, und der Termin drängte.

Während sein Vater unten mit Haushaltsarbeiten beschäftigt war, saß Reichard oben an dem kleinen Tisch und arbeitete. Er kam erfreulich gut voran. Als er sich beim Mittagessen wieder die Geschichten vom Schneeräumen und vom bösen Nachbarn anhören mußte, fiel ihm plötzlich etwas ein, etwas, das sein Vater am gestrigen Nachmittag behauptet hatte, unmittelbar bevor an den Rolladen geschlagen worden war.

»Hast du gestern nicht erwähnt, der Nachbar hättte dich sogar einmal geschlagen?«

»Mich geschlagen?« wunderte sich der Vater. »Nein. Wie kommst du denn darauf? An die Rolläden schlägt er, du hast es ja gehört. Aber mich – nein. Bedrohen tut er mich allerdings, das stimmt.«

Hatte es überhaupt noch einen Sinn, irgend etwas, das dieser Mann sprach, ernstzunehmen? Reichard wußte genau, was sein Vater am Tag zuvor gesagt hatte, aber er bestand nicht darauf. Lieber aß er seinen Nachtisch und trat den Rückzug ins Gästezimmer an.

Unter den Bandkassetten seiner Mutter fand er eine Aufnahme der *Sinfonia Antartica* von Ralph Vaughan-Williams. Gab es etwas Passenderes? Er spielte die Kassette ab und machte es sich auf dem wieder zusammengeklappten Sofa bequem. Seit Jahren hatte er diese Musik nicht mehr gehört. Als er Student gewesen war, hatte sie ihn unwiderstehlich in ihren Bann gezogen, und auch jetzt wirkte sie noch immer stark auf ihn. Wie damals hatte er, wenn er die Augen schloß, sofort wieder die alte Vision von einer märchenhaften, überirdischen Welt aus Eis und Schnee, einer grandiosen Verlassenheit. Welch ein Behagen die Vorstellung arktischer Einsamkeit hier, in einem gutgeheizten Raum, doch erzeugte! Vom Pfeifen des Polarwinds und den monotonen Frauenstimmen wurde Reichard schläfrig.

»Es ist nicht der Nachbar«, hörte Reichard da die Stimme seiner Mutter sagen.

»Was ist nicht der Nachbar?« fragte er überrascht.

Seine Mutter, die er aber nicht sehen konnte, weil er vor Müdigkeit die Augen nicht aufbekam, antwortete: »Er ist nicht der Schöpfer der Schneeskulpturen.«

»Das dachte ich mir. Vater baut sie, nicht wahr?«

»Nein, der auch nicht.«

»Wer denn dann? Du etwa?«

»Ich bin doch tot. Tote bauen keine Schneemänner.«

»Also ist es jemand ganz anderer? Vielleicht einer von denen, die den Hausbesitzern Prozesse anhängen?«

»Auch nicht.«

»Dann sag's mir doch. Ich komme nicht drauf.«

»Du warst heute morgen schon ganz nahe dran.«

»Heute morgen?«

»Ja. Als du bemerkt hast, daß keine Spuren im Schnee sind.«

»Ach so! Ja … aber der Schnee kann sich doch nicht von selbst auftürmen!«

»Und genau das tut er.«

»Mein Gott! Der Schnee formt sich selbsttätig!«

»Richtig. Er kann alles mögliche nachbilden, Gegenstände, Lebewesen, Personen. Er verursacht Täuschungen, um die Menschen zu narren.«

»Geisterschnee! Das muß ich aber doch Vater sagen!«

»Ja, tu das. Aber erschrick nicht, wenn du hinuntergehst.«

»Wovor soll ich nicht erschrecken?«

Die Mutter antwortete nicht. Reichard rief einige Male nach ihr und wiederholte seine Frage, doch sie ließ nichts mehr von sich hören. Er bekam noch immer die Augen nicht richtig auf, vermutlich war es deshalb so dunkel im Zimmer. An der Tageszeit konnte es nicht liegen, es war doch erst Mittag. Indem er sich erhob und auf die Tür zutaumelte, versuchte er mit aller Kraft, die Augen zu öffnen. Endlich sah er etwas, aber die Szenerie blieb dunkel. Der Lichtschalter funktionierte nicht. Reichard kämpfte sich durch die Tür.

Auf der anderen Seite war es schneidend kalt und vollkommen weiß. Soviel konnte er erkennen, denn es gab eine raffiniert verborgene Lichtquelle. Eine dicke Rauhreifschicht überzog alles. Nein, das war Schnee! Das ganze Haus war eine exakte Nachbildung aus Schnee! Genau, wie die Mutter gesagt hatte. Bei der Kälte fiel es Reichard schwer, sich zu bewegen. Er verspürte Schmerzen im Rücken und im linken Bein, weshalb er nur langsam die Treppe hinunterhumpeln konnte.

Als er endlich die halbdunkle Küche erreichte, kam ihm sein Vater triumphierend mit einem in Wasser gelöschten Streichholz entgegen: »Ich hab's geschafft! Es ist gelungen! Er ist tot! Komm mit!«

Reichard trug nur seinen Pyjama und Hausschuhe am Leib, ließ sich aber trotzdem von seinem begeisterten Vater mitreißen und folgte ihm in den Garten. Der Vater entzündete ein neues Streichholz, in dessen Schein sie ums Haus herumgingen. An der Grundstücksgrenze war etwas, das aussah wie eine längliche Schneewehe.

»Jawohl!« schrie der Vater. »Da ist er!«

Von nahem konnte Reichard erkennen, daß es tatsächlich eine Person war, die da am Boden lag. Die noch immer brennende Streichholzflamme beleuchtete ein offensichtlich lebloses weißes Wesen von furchterregendem Aussehen. *Der Schneemensch!* dachte Reichard. *Zur Strecke gebracht durch Streichholz-Zauber.*

»Wir müssen den Kopf vom Rumpf trennen«, sagte sein Vater, »um ganz sicherzugehen.«

Und schon hatte er einen Spaten zur Hand, der vorher in der Dunkelheit nicht zu sehen gewesen war. Im nächsten Moment stieß er ihn senkrecht, mit der Schneide voran, in den kurzen Hals des Wesens. Ein sandig schürfendes Geräusch war zu hören.

Der Kopf rollte zur Seite, doch wie beide Männer nun betroffen erkannten, hatten sie keine richtige Leiche, sondern nur eine Nachbildung aus Schnee vor sich. Der Vater begann lauthals zu jammern und den Schnee zu verfluchen. Damit wollte er dann gar nicht wieder aufhören, sondern steigerte sich hemmungslos in seinen Haß und seine Verzweiflung hinein.

Reichard ertrug es nicht länger. Er öffnete seine Augen weit und bemerkte, daß es heller Tag war und er auf dem Gästesofa lag. Die Musikkassette schien abgelaufen zu sein, nur die Stimme des Vaters war von unten zu hören: »Das darf nicht wahr sein! Jetzt schneit es doch tatsächlich schon wieder! Hört das denn nie auf?«

Ein Blick aus dem Fenster bestätigte den Wahrheitsgehalt dieser Worte. Eigentlich sah es doch sehr schön aus, wie die Flocken so dicht fielen. Sie fielen bis zum frühen Abend. Als es endlich aufgehört hatte, war der Gehweg vor dem Haus von einer hohen Schneeschicht bedeckt. Nun mußte geräumt werden, Reichard machte sich an die Arbeit.

Sein Vater zog sich ebenfalls warm an und kam mit. Weil es aber nur einen Schneeschieber gab, blieb er vor der Haustür stehen, sah seinem Sohn zu und gab Anweisungen. Von dem gefürchteten Nachbarn war nichts zu sehen.

Es war eine lange Strecke, die da freigelegt werden mußte. Reichard fürchtete insgeheim, er werde schlapp machen, wenn er den Weg vor dem eigenen Haus geschafft hatte, und für das ebenso lange Stück vor dem von Frau Petersen werde ihm keine Kraft mehr bleiben. Wenigstens war der Schnee locker und trocken. Unter Aufbietung seiner letzten Reserven brachte er die Arbeit zuende. Und sein alter Vater hatte wer weiß wie oft diese Schinderei durchgestanden! Reichard hoffte nun auch, es möge nie wieder schneien.

»Der Nachbar hat sich nicht blicken lassen«, sagte er, als sie später beim Abendbrot saßen.

»Glück gehabt«, erwiderte sein Vater. »Freu dich nicht zu früh.«

Nach dem Essen gingen beide ins Wohnzimmer, um sich die Tagesschau anzusehen. Die Wettervorhersage war niederschmetternd, weitere starke Schneefälle wurden für die Nacht und den folgenden Tag angekündigt, was die beiden Männer mit Stöhnen und Grollen quittierten. Von dem anschließend gesendeten Film bekam Reichard nicht viel mit, denn er nickte immer wieder ein. Schließlich gab er auf und ging zu Bett.

Irgendwann in dieser Nacht träumte er von einer endlosen Schneelandschaft, wo ein unsichtbarer, geisterhafter Frauenchor mit dem Sturm um die Wette heulte. Gemeinsam mit seinem ein brennendes Streichholz haltenden Vater war er unterwegs, um die verderbenbringende Schneebestie zu töten.

Doch der Traum wurde in zunehmendem Maße kraftlos und porös. Ursache dafür war ein beharrliches, häßliches Geräusch, das sich mehr und mehr in den Vordergrund drängte. Seinetwegen drohte Reichard ein vorzeitiges Erwachen, lange bevor er und sein Vater die Behausung der Bestie erreicht hatten. Es fiel dem irritierten Träumer immer schwerer, alles zusammenzuhalten und der verblassenden Handlung weiterzuhelfen. Bald vermochte er es nicht länger und erwachte enttäuscht.

Das Störgeräusch kam von draußen, Reichard erkannte darin das Kratzen eines Schneeschiebers, zweifellos auf dem Gehweg vor dem Haus. Der Vater war also schon draußen.

Warum läßt er mich das nicht tun? fragte sich Reichard. *Ist es denn schon so spät?*

Er sah auf den Wecker: Erst zwanzig vor drei! Himmel! Der Alte war wirklich nicht mehr recht bei Verstand! Nun weckte er auch noch die ganze Nachbarschaft. Man mußte einschreiten.

Fluchend quälte Reichard sich aus dem Bett und lief zu dem Fenster mit Blick auf die Straße. Seine Befürchtung schien sich zu bestätigen. Da stand eine gebeugte dunkle Silhouette auf dem Bürgersteig. Sie bewegte sich auffallend langsam, entsprechend langgezogen war das Kratzen und Scharren, das der Schneeschieber auf den Gehwegplatten erzeugte. Anscheinend verließen den Vater die Kräfte, kaum daß er begonnen hatte.

Verwünschungen knurrend zog Reichard sich an, so schnell er konnte, und lief zur Haustür hinunter. Doch die war abgeschlossen. Was hatte sich der wirre Greis nur dabei gedacht? Ach, höchstwahrscheinlich gar nichts. Reichard klopfte fest an die Tür und rief seinem Vater zu, er solle ihm aufschließen. Als er damit nichts erreichte, holte er sein Schlüsselbund und schloß mit dem eigenen Zweitschlüssel auf.

Inzwischen war es draußen still. In Erwartung des Schlimmsten stürzte Reichard ins Freie. Nein, stellte er sogleich erleichtert fest, sein Vater war zum Glück nicht zusammengebrochen, sondern schien eine Verschnaufpause einzulegen; unbeweglich stand er da und stützte sich auf den Stiel des Schneeschiebers.

Im Nu war Reichard bei ihm und sprach ihn besorgt vorwurfsvoll an. Doch er hatte kaum zu reden begonnen, als es ihm auch schon die Sprache verschlug. Denn vor ihm stand nicht sein Vater, sondern ein plumper, garstiger Schneemann mit fremdem Räumgerät! Wie er sich so hatte täuschen können, war Reichard ein Rätsel. Er hatte aber doch jemanden beim Schneeschaufeln gesehen – und gehört! Nur wen? War sein Vater gar nicht hier draußen? Wer hatte den Schneemann gebaut, den er nun auch noch entfernen mußte? Etwa doch dieser ominöse Nachbar? Reichard wurde wütend. Mitten in der Nacht gedachte er sich mit so etwas nicht herumzuschlagen.

Er wollte eben ins Haus zurück, da traf ihn eine Ladung Schnee ins Gesicht. Spuckend und prustend rieb er sich die Augen. Bevor er dazu kam, sich empört zu äußern und den Schuldigen auszumachen, prallte etwas Schweres gegen seine Brust. Er verlor das Gleichgewicht und stürzte hintüber. Ein reißender Schmerz durchfuhr sein linkes Bein. Danach geschah nichts weiter, auch war nicht zu hören, daß jemand fortlief. Auf dem Rücken im Schnee liegend und unfähig sich aufzurichten, konnte Reichard nichts anderes tun, als auf Hilfe zu warten und so lange in den schwarzen Himmel zu starren. Die Zeit verging, ihm wurde kalt. Er überlegte, ob er nicht seine Hemmungen überwinden und um Hilfe rufen sollte. Aber als er es zaghaft versuchte, brachte er keinen Ton heraus. Aus der Ferne hörte er eine Kirchturmuhr drei schlagen. Starker Schneefall setzte ein.

SICHTBARMACHUNG

Innerhalb weniger Monate verlor ich so gut wie sämtliche Auftraggeber, indem der Buchverlag und die beiden Zeitschriften, für die ich seit langem regelmäßig gezeichnet hatte, in Konkurs gingen. Ich hatte im Laufe der letzten zehn, zwölf Jahre schon einige Pleiten erlebt und mich immer wieder nach neuen Verdienstmöglichkeiten umsehen müssen, was auch stets irgendwie gelungen war, aber diesmal sah es schlecht aus, denn die allgemeine wirtschaftliche Lage hatte sich inzwischen dramatisch verschlechtert. Notgedrungen erledigte ich für einen windigen Verlag, für den ich unter anderen Umständen niemals gearbeitet hätte, einen größeren Illustrationsauftrag und wartete anschließend vergeblich auf mein Honorar. Vertröstungen und immer plumpere Ausreden waren alles, was ich erhielt. Ich versuchte, mich mit freier Kunst durchzuschlagen, bald gehörte ich zum örtlichen »Künstlerproletariat« und nahm an den obskursten und hoffnungslosesten Projekten, Gemeinschaftsausstellungen und Kunstmärkten in der ganzen Umgebung teil. Doch mein Erfolg konnte nur ausgesprochen bescheiden genannt werden. Bis zur Mittellosigkeit war es nicht mehr weit.

Bei einer Vernissage in einer winzigen Galerie fiel mir unter den wenigen Besuchern ein vornehmer älterer Herr auf, weil er meine in Rahmen und Mappen zur Schau gestellten Arbeiten ungewöhnlich interessiert betrachtete. Schließlich sprach er mich an.

Was er vorbrachte, war jedoch nicht, wie erhofft, der Wunsch, eine meiner Zeichnungen zu kaufen, sondern vielmehr ein höchst unerwartetes Anliegen. Staunend vernahm ich, daß er einen Zeichner oder eine Zeichnerin suche, mit dessen beziehungsweise deren Hilfe er versuchen wolle, etwas, das ihm, wie er sich ausdrückte, »kürzlich auf einem Fernseh-Bildschirm begegnet« sei, zu rekonstruieren.

Eine so umständliche Vorgehensweise sei heutzutage aber nicht mehr notwendig, hielt ich ihm geschäftsuntüchtig entgegen. Er könne sich doch einfach eine Kopie besorgen, entweder direkt beim Sender oder übers Internet … Der Mann schüttelte den Kopf.

»Natürlich habe ich das schon versucht«, erwiderte er geduldig. »Meine Recherchen sind ergebnislos geblieben. Es war auch keine gewöhnliche Fernsehsendung, die ich da gesehen habe, sondern vermutlich eher eine private Vorführung.«

Warum erkundigte er sich dann nicht bei den Veranstaltern dieser Vorführung?

»So einfach, wie Sie glauben, ist das nicht«, sagte er. »Am besten erzähle ich Ihnen, wie es sich zugetragen hat. Vor vierzehn Tagen durchquerte ich auf dem Heimweg von einer Besorgung die menschenleere Innenstadt. Waren Sie in letzter Zeit dort? Der Eindruck einer Geisterstadt ist jetzt vollkommen, nachdem so gut wie alle Geschäfte schließen mußten. Als ich von der Bankstraße in die Poststraße einbog, registrierte ich beiläufig, daß beim früheren Kaufhaus Werther eine Stahltür weit offen stand, wahrscheinlich ein für Personal oder Lieferanten bestimmter Nebeneingang, der zu den Lagerräumen führt. Diese eigentlich ganz uninteressante Entdeckung erhielt jedoch Bedeutung durch ein Pappschild, das jemand an die Stahltür geklebt hatte. In handgeschriebenen Druckbuchstaben stand darauf das Wort *Sichtbarmachung*. Ich wurde neugierig und warf einen Blick durch die Türöffnung. Da gab es bloß einen kleinen, fensterlosen Raum zu sehen, und die einzigen Dinge darin waren ein alter Fernsehapparat auf einer Kiste und, gleich am Eingang, ein ramponierter Stuhl. In der gegenüberliegenden Wand befand sich eine weitere, allerdings geschlossene Tür. Unter ihr lief ein Verbindungskabel hindurch, das an den Fernseher angeschlossen war. Plötzlich begann der Bildschirm zu flimmern. Offenbar hielt sich jemand im Nebenraum auf und bediente von dort aus das Gerät. Ich fragte mich, ob da Kinder Kino spielten. Weil ich das amüsant fand, nahm ich Platz, ohne mir Sorgen darüber zu machen, daß ich womöglich etwas Unappetitliches vorgesetzt bekommen könnte. Auf dem Bildschirm wurde dann, während der Lautsprecher stumm blieb, etwas sichtbar, die schwarzweiße Silhouette eines Berges oder Hügels, an dessen Fuß sich eine unkenntliche, wie zertrümmert anmutende Landschaft ausbreitete. Langsam gewann das Bild an Schärfe, bis ich erkannte, daß es nicht mehr als einen Schutthaufen an einer größeren Baustelle darstellte, ein wüstes Durcheinander aus Erdaushub, geborstenen Mauerstücken und Holzteilen, verknäuelten Kunststoffplanen und allerlei verbogenem Abfallkleinzeug. Die Kamera war unveränderlich auf dasselbe Motiv gerichtet, es gab weder Schwenk noch Zoom. Ich fragte mich, ob es nicht vielleicht eine Photographie war, doch allmählich hatte ich den Eindruck, es käme Bewegung ins Bild. Einige der zerknüllten, verbeulten, nicht identifizierbaren Gegenstände waren im Begriff, ganz langsam zu etwas Figurenartigem zu werden. Auf dem Schutthügel, so schien es, wollten Dinge entstehen, die ich beunruhigend fand. Ich blieb gebannt sitzen und sah zu. Stundenlang, wie ich später feststellte. In einer Marathonsitzung konsumierte ich etwas, das ich nur als eine Art Trickfilmserie bezeichnen kann, allerdings eine ganz und gar außergewöhnliche. Anschließend war mir, als hätte ich alles lediglich geträumt. Zu gern hätte ich gewußt, wer sich im Nebenraum verbarg und bei dieser extravaganten Darbietung die Fäden zog. Ich stand auf und untersuchte die Tür, unter der das Kabel verschwand. Sie war abgeschlossen. Ich klopfte und rief ein paarmal laut, doch auf der anderen Seite reagierte niemand, es sei denn, das plötzliche Dunkelwerden des Bildschirms mußte als Reaktion gewertet werden. Die Vorstellung war beendet, möglicherweise wegen meiner Aufdringlichkeit, wie ich befürchtete. Ich verließ den Raum und ging nachdenklich nach Hause. Was ich auf dem alten Fernsehbildschirm gesehen hatte, beschäftigte mich in einer Weise, die mich überraschte. Ich war innerlich aufgewühlt, fühlte mich fiebrig und konnte keinen Schlaf finden. Immer wieder rollte diese Trickfilmserie in meinem Bewußtsein ab. Am nächsten Morgen ging ich wieder hin, um zu versuchen, der rätselhaften Darbietung auf die Schliche zu kommen. Tatsächlich war der Nebeneingang wieder beziehungsweise noch immer geöffnet. An der Stahltür klebte jetzt unter dem Schild *Sichtbarmachung* ein Blatt mit dem Wortlaut: *Wir machen weiter. Der Diebstahl unserer Ausrüstung kann uns nicht daran hindern, den Betrieb aufrechtzuerhalten.* Ich wunderte mich, von welcher Ausrüstung da wohl die Rede war, und wer die sein mochten, die da ihre Entschlossenheit zum Weitermachen bekundeten. Womit wollten sie weitermachen? Welcher Art war dieser *Betrieb*? Ich sah in den Raum hinein. Der Fernsehapparat stand nicht mehr auf der Kiste, das war wohl mit *Diebstahl unserer Ausrüstung* gemeint. Entschlossen lief ich zu der noch immer verschlossenen inneren Tür und klopfte kräftig an. Wie tags zuvor erhielt ich keine Antwort. Auch lautes Rufen half nicht. Als ich später noch einmal zurückkehrte, war auch die äußere Stahltür verschlossen.«

Ich unternahm noch einen Klärungsversuch: »Wenn es, wie Sie sagen, eine Filmserie war, dann müssen Sie doch auch den Titel im Vorspann gelesen haben. Und dann sollte es doch ganz leicht sein …«

Der Mann machte ein gequältes Gesicht. »Ja, der Titel …«,

sagte er unglücklich. »Selbstverständlich weiß ich den. Aber ich weiß auch, daß ich ihn auf keinen Fall nennen darf, weil das die schlimmsten Folgen für mich hätte.«

Diese Worte waren absolut rätselhaft, aber in meiner Lage stellte man am besten nicht zu viele Fragen, und so nahm ich das Angebot des ansonsten überhaupt nicht übergeschnappt wirkenden Herrn an, obwohl ich keine Ahnung hatte, was mich erwartete und ob er mir das in Aussicht gestellte, durchaus passable Honorar in der Tat zahlen würde.

Allabendlich um zwanzig Uhr pflegte ich von da an bei Dr. Salfeld, meinem neuen Auftraggeber, einzutreffen, mich gemeinsam mit ihm an den Eßzimmertisch zu setzen und meine Arbeitsmaterialien auszupacken, den Zeichenblock sowie verschiedene Blechdosen mit Blei- und Farbstiften. Dr. Salfeld öffnete dann die Mappe mit den fertigen Blättern und nahm das zuletzt entstandene heraus. Es wurde eingehend betrachtet, während wir uns sammelten, um da fortzufahren, wo wir am Vorabend, genau um Mitternacht, aufgehört hatten. Meine Aufgabe bestand darin, jeweils vier Stunden lang zeichnerisch umzusetzen, was mir mit Worten beschrieben wurde. Erklärtes Ziel war nichts Geringeres als die Rekonstruktion der kompletten Trickfilmserie. Es war mir vollkommen egal, ob Dr. Salfeld sie tatsächlich im Rahmen jener unglaublichen *Sichtbarmachung* gesehen hatte, oder ob er sie sich in meiner Gegenwart erst ausdachte. Praktisch lief es auf das gleiche hinaus. Leicht verdientes Geld war es indessen nicht, denn es erwies sich als ausgesprochen schwierig, das zu treffen, was dem Auftraggeber vorschwebte. Ich kam mir vor wie ein Polizeizeichner, der Phantombilder nach Zeugenaussagen anfertigt, und eine Jagd auf Phantome schien es ja auch zu sein. Dr. Salfeld gab seinerseits bald schon zu, die Schwierigkeiten des Projekts unterschätzt zu haben. Es ging nur mühsam voran.

Nichtsdestoweniger wurde verbissen weitergekämpft. Je weiter die Arbeit fortschritt, desto schwerer fiel sie mir.

Die Protagonisten der Serie mit dem unaussprechlichen Namen waren, wie aus dem bislang zu Papier Gebrachten hervorging, eine Bande von Ausgeburten, die auf einer deliranten Abraumhalde lebten, wobei das Verb »leben» nicht exakt das bezeichnet, was sie da trieben. Insgesamt schien mir das Ganze kaum mit irdischen, keinesfalls aber mit menschlichen Begriffen vereinbar zu sein. Ich wunderte mich immer wieder über den schamlosen Aberwitz, den der so seriös wirkende ältere Herr neben mir am Tisch vorgeblich aus den Tiefen seiner Erinnerung emporzerrte. Etwas bösartig Debiles, das sich einen harmlosen Anschein geben wollte, beherrschte Atmosphäre und Handlung. Wessen Phantasie dies auch immer entsprungen sein mochte, für mich war es die eines seelisch Deformierten. Ich mochte nicht, was ich da zeichnete. Das war an sich nichts Neues für mich, denn so erging es mir im allgemeinen mit meinen Auftragsarbeiten, aber diese Zeichnungen waren mir besonders unlieb. Immer häufiger begann ich mich zu fragen, ob ich das noch länger Abend für Abend mitmachen sollte. Aber hatte ich denn eine Wahl? Immerhin bekam ich ja mein Honorar.

Fast drei Wochen dauerte dieses Beschäftigungsverhältnis mittlerweile an, als eines Abends Dr. Salfeld, bevor wir an seinem Eßzimmertisch Platz nahmen, hörbar schweren Herzens zu mir sagte: »Ich bedaure, Sie nicht länger beschäftigen zu können.«

Die Mitteilung löste bei mir Erleichterung und Besorgnis zugleich aus, ich muß einen ziemlich entgeisterten Eindruck gemacht haben.

Sehr ernst fuhr Dr. Salfeld fort: »Ich muß diese Arbeit um meiner Gesundheit willen abbrechen. Selbstverständlich werde ich Sie bis zum Monatsende bezahlen, im voraus. Schließlich ist es nicht Ihre Schuld, daß ich Sie so plötzlich entlasse.« Damit legte er den entsprechenden, großzügig aufgerundeten Betrag in Scheinen auf den Tisch. Ohne Widerrede zu dulden oder mehr dazu zu sagen, stand er sodann auf, um mich hinauszugeleiten. Als er sich mit Handschlag von mir verabschiedete, wünschte er mir viel Glück.

Seither gestalten sich meine Lebensumstände so schwierig wie zuvor, doch geht es mir jedenfalls besser als dem armen Dr. Salfeld. Vor kurzem erfuhr ich, man habe ihn, des Verstandes restlos beraubt, außerhalb der Stadt auf einer Abraumhalde gefunden.

SCHLAFLOSIGKEIT

Anni litt seit Jahren an Schlaflosigkeit. Nacht für Nacht lief sie rauchend im Garten herum, saß stundenlang in der Küche oder im Wohnzimmer und wartete darauf, daß sie müde wurde. Einmal stieg sie aus verzweifelter Langeweile sogar die Treppe zur leerstehenden oberen Wohnung hinauf, obwohl es eigentlich wenig Sinn hatte, sich diese Mühe zu machen, nur um dann vor der verschlossenen Tür wieder umzukehren. Gleichgültig nahm Anni eine Stufe nach der anderen, bis sie gähnend oben ankam. Sie wollte sich soeben für eine Weile auf dem Treppenabsatz niederlassen, bevor sie wieder hinunterging, um ihre Runden im Garten zu drehen, als ihr etwas Sonderbares auffiel: Ein Schlüssel steckte von außen im Schloß. Ihres Wissens besaß niemand außer dem Hauseigentümer einen Schlüssel für diese Wohnung, was also heißen mußte, daß der Mann hergekommen war, um die Räume wie auch immer zu nutzen. Diese Absicht hätte er aber, Eigentümer oder nicht, ruhig vorher ankündigen können, fand Anni. Es war doch keine Art und Weise, sich heimlich wie ein Einbrecher ins Haus zu schleichen. Wann mochte er wohl gekommen sein? Im Parterre war kein Ton von oben zu hören gewesen. Und weshalb sollte er den Schlüssel von außen stekken lassen, wenn er in der Wohnung war? Vielleicht war er schon wieder fort und hatte den Schlüssel in der Tür vergessen? Eine Zeitlang verhielt Anni sich ganz still und lauschte. Doch da rührte sich absolut nichts, also öffnete sie leise die Tür und trat ein.

Die Wohnung war vollkommen leer, wies jedoch ein höchst erstaunliches Phänomen auf; mit weit aufgerissenen Augen lief Anni von Zimmer zu Zimmer, den Kopf fassungslos nach allen Seiten drehend: Wände und Decken waren über und über mit etwas bedeckt, das aussah, als hätte ein Wahnsinniger mit einem schwarzen Stift in engen, regelmäßigen Abständen Millionen, wenn nicht sogar Milliarden sehr kurzer Striche auf den nackten Putz gemacht. Anni konnte sich eine derartige Arbeitsleistung nicht erklären und fuhr zweifelnd mit dem Finger über einige Striche. Sie ließen sich nicht verwischen, und wie Anni erkannte, handelte es sich bei ihnen nicht um Spuren, die ein Stift hinterlassen hatte, sondern eher um etwas wie eine Projektion, wobei deren Zustandekommen in technischer Hinsicht völlig unerklärlich schien. Anni fragte sich, ob es eine elektronisch generierte Installation, ein Kunstwerk, sein konnte. War es möglich, daß der Hauseigentümer (oder ein von ihm geförderter Künstler) die Wohnung nutzte, um diese raffinierten Lichtspielereien hier zu erproben, bevor sie der Öffentlichkeit präsentiert wurden? Nach einer Weile fiel der jungen Frau etwas Verblüffendes auf: Das Strichmuster verschob sich, es wanderte *sehr* langsam über Wand und Decke hinweg. Und über Anni! Mit einem Aufschrei des Entsetzens stellte sie fest, daß ihre Haut und ihre Kleidung ebenfalls von zahllosen, sich kaum merklich bewegenden Strichen überzogen waren. Für einen Moment konnte sie sich des Eindrucks nicht erwehren, ein riesiges Insektenheer habe sich auf ihr niedergelassen. Gleichzeitig warnte sie ihr Verstand, der ja wußte, daß es sich um keine Insekten handelte, sie setze sich möglicherweise gefährlicher Strahlung aus. In jedem Fall war eilige Flucht geraten. Sie stürzte aus der Wohnung und schloß die Tür ab. Ängstlich sah sie an sich herab, stellte aber zu ihrer größten Erleichterung fest, daß keinerlei Striche auf ihr verblieben waren. Dafür nahm sie im selben Moment einen befremdlichen Ton wahr, ein hohes Sirren, das sehr schnell unangenehm wurde. Was war das nun wieder?

Anni versuchte, dem Geräusch nachzugehen, um dessen Quelle ausfindig zu machen. Es schien von unten zu kommen, aber nicht aus ihrer Wohnung, sondern eher aus dem Keller. Als sie die Kellertür öffnete, sah sie, daß da unten Licht brannte. Anscheinend hatte sie vergessen, es auszuschalten. Das Sirren war nun lauter als vorher, zweifellos entstand es in diesem Teil des Hauses, wenn Anni sich auch nicht vorstellen konnte, wodurch. Vielleicht stimmte etwas mit der Heizung nicht? Das fehlte noch! Sie mußte der Sache auf den Grund gehen. Sie war die Treppe noch nicht ganz hinabgestiegen, als sie einen furchtbaren Schreck bekam, denn plötzlich sah sie sich zwei fremden Menschen gegenüber, einem Mann und einer Frau. Die beiden wirkten, wie Anni fast im selben Augenblick begriff, allerdings keineswegs wie Einbrecher. Vielmehr sahen sie wie ganz biedere Leute aus, die sich rechtmäßig in diesem Keller zu schaffen machten. Womit, war nicht zu erkennen, jedoch schienen sie dabei Schwierigkeiten zu haben, ihren unglücklichen Mienen nach zu schließen. Da sie nur dastanden und nichts unternahmen, um ihre Anwesenheit zu legitimieren, ergriff Anni das Wort: »Was tun Sie hier? Wer sind Sie?«

Der Mann trat vor und sagte: »Jemand muß sich schließlich um den Blitz kümmern.«

»Um welchen Blitz?«

Wortlos deutete der Mann auf eine zitternde, krumme Linie, die aufrecht und bis in Schulterhöhe zwischen ihnen in der Luft stand. Anni hatte sie bis zu diesem Moment nicht wahrgenommen und war versucht zu glauben, erst die Worte des Mannes hätten sie entstehen lassen.

»Was ist das?« fragte sie verwundert.

»Der Blitz«, antwortete der Mann, »das sagte ich doch.«

»Das soll ein Blitz sein?« entgegnete Anni. »Unmöglich!«

Daraufhin gab der Mann eine wortreiche Erklärung ab, von der Anni aber überhaupt nichts verstand. Sie wußte nicht, ob ihre Müdigkeit daran schuld war oder ob das hohe, laute Sirren die Worte des Mannes entstellte. Sie wollte nur schlafen und sonst nichts. Als der Mann und die Frau zuletzt mit betretenen Mienen ihre Unterschenkel entblößten, um die Kratzer vorzuführen, die sie angeblich bei ihrer Arbeit davongetragen hatten, hatte Anni genug.

»Ich muß schlafen«, sagte sie. »Kann ich Sie hier unten allein lassen?«

»Ja, selbstverständlich«, antwortete der Mann, »wir kommen allein zurecht. Schlafen Sie gut.«

»Danke.«

Anni schickte sich an, die Stufen zur Wohnung hinaufzusteigen. »Ach so«, sagte sie und wandte sich noch einmal um. »Dieses Geräusch, dieses häßliche hohe Sirren, woher kommt das?«

»Vom Blitz«, belehrte sie der Mann.

»Aha«, sagte sie. »Es geht einem auf die Nerven. Hoffentlich kann ich dabei überhaupt schlafen.«

»Wir kümmern uns darum.«

Während Anni treppauf stieg, fiel ihr ein, daß sie das Strichphänomen nicht zur Sprache gebracht hatte. Vermutlich stand es ebenfalls mit dem Blitz in Zusammenhang. Aber nun war es ihr gleichgültig, sie war zu müde. In ihrem Bett fand sie jedoch keinen Schlaf, das störende Geräusch war zu laut. Lange irrte sie durch die Wohnung, um ihm zu entgehen, bis sie zuletzt mit dem Oberkörper in den Unterschrank ihrer Küchenspüle kroch – und Ruhe fand. Es dauerte nicht lange, bis sie einschlief.

SCHMUTZ

Brink träumte, er betrete eine fremde, nächtlich finstere Wohnung. Langsam und vorsichtig ging er die Diele entlang. Im Schein der Taschenlampe offenbarte sich eine beklemmende Ödnis, der Ort sah alt und baufällig aus. Die Wände waren wie mit Teer beschmiert, auf dem verdreckten Fußboden lagen Papierfetzen, leere Flaschen und verrostete Eisenteile. Einige Türen standen offen, und Brink war überzeugt, daß in den schwarzen Räumen dahinter etwas Furchtbares lauerte. Wie zur Bestätigung trat in diesem Moment aus einer der Türen eine Gestalt heraus. Vor Schreck paralysiert, erwartete Brink, etwas, dessen Anblick er nicht ertragen konnte, werde ihn attackieren. Doch im selben Moment stellte er erleichtert fest: Es war nur ein kleines blondes Mädchen. Was mochte so ein Kind in dieser Bruchbude zu suchen haben? Wohnte es etwa hier? Es sah ihn böse an und sagte vorwurfsvoll: »Du bist schmutzig.« Empört erwiderte Brink: »Und du kommst bestimmt in den Himmel!« Dann erwachte er.

Es war schon fast elf Uhr vormittags. Brink fühlte sich alles andere als ausgeschlafen, sondern geradezu wie erschlagen. Daß er von einem solchen Dreckloch geträumt hatte, lag natürlich daran, daß er im Haushalt keinen Finger mehr rührte, seit Regina auf Geschäftsreise war. Für heute hatte er sich eigentlich vorgenommen, wenigstens die Küche aufzuräumen, doch daran konnte er jetzt nicht denken. Der Traum hatte ihm jede Energie geraubt, am liebsten wollte er weiterschlafen. Natürliche Grundbedürfnisse trieben ihn schließlich aus dem Bett, zuerst in Richtung Bad, dann in die Küche. Er schaltete das Radio ein und begann apathisch, Kaffee zu kochen.

Beim Schlürfen der ersten Tasse Kaffee horchte er plötzlich verwundert auf, denn etwas Ungehöriges war geschehen. Für einen kurzen Moment hatte etwas an der arbiträren Musikbeschallung nicht gestimmt, und diese Abweichung vom Gewohnten war so eklatant gewesen, daß sie die Stufe bewußter Wahrnehmung erreichte: In einem deutschen Popsong war eine Textpassage aus dem Rahmen gefallen. Brink lauschte aufmerksam und wartete ab, ob sich das Vorkommnis wiederholen würde. Und da war es tatsächlich wieder, beim letzten Refrain! Unmißverständlich, er hatte sich auf keinen Fall verhört. In einem ansonsten gängigen Klischeetext kam eine völlig unmögliche Zeile vor. Darin ging es, als sei dies etwas ganz Allägliches, um ein wenig rußartigen Schmutz auf der Unterlippe der besungenen Person. Was sollte das?

Verunsichert schlürfte Brink seinen Kaffee. Die nächsten Musiknummern hatten englische Texte, und da verstand er sowieso nicht alles, so daß er wieder fähig war, an dem gleichbleibenden, gleichgültigen Geräusch vorbeizuhören. Ihm war jedoch kein anhaltender Seelenfrieden vergönnt. Daß er heute aufräumen wollte, fiel ihm wieder ein. Dabei empfand er es als puren Blödsinn, in diese Wohnung noch viel Arbeit zu investieren, da das Haus demnächst sowieso abgerissen wurde. Regina und er waren die letzten Mieter, die noch darin wohnten. In einem Monat würden sie umziehen, und den Gedanken an die damit verbundene Arbeit konnte Brink kaum ertragen. Dagegen war das Aufräumen der Wohnung geradezu harmlos. Aber mußte er damit tatsächlich heute schon anfangen? Richtig saubermachen konnte er doch nächste Woche immer noch, wenn Regina zurückkehren würde. Für heute reichte es, wenn er den Abwasch machte. Vorher wollte er aber erst einmal die Zeitung aus dem Briefkasten holen. Es war anstrengend genug, die zahllosen Stufen aus dem vierten Stockwerk hinunter und wieder hinauf zu bewältigen. Die Zeitung wurde dann am Küchentisch, bei noch mehr Kaffee, ausgiebig gelesen. Dabei dudelte das Radio unbeachtet weiter vor sich hin.

Keine Stunde war auf diese Weise vergangen, als Brink ein weiteres Mal hellhörig wurde. Wieder kam in einer deutsch gesungenen Aufnahme das Unbegreifliche vor: Rußartiger Schmutz auf der Unterlippe, in der Nähe des Mundwinkels. Anschließend ging es ganz normal weiter, nichts wich vom Gewohnten ab. Es war diesmal nicht derselbe Titel gewesen, den Brink beim ersten Mal gehört hatte, das wußte er genau. Nur diese eine Zeile war dieselbe! Entweder gab es ein sich allmählich ausbreitendes Textvirus, mit dem die ganze Musikgattung infiziert worden war, oder der Sender veranstaltete ein Gewinnspiel. Vielleicht wurde auch ein wissenschaftlicher Test durchgeführt, um zu ermitteln, wie aufmerksam der Durchschnitts-Radiohörer war? Oder aber, und bei dem Gedanken wurde Brink etwas mulmig zumute, es kam von dem neuen preisgünstigen Zeug, das er seit ein paar Tagen rauchte. Immerhin wurde es bekanntlich aus genmanipulierten Pflanzen gewonnen, und da konnte man nie wissen. Mit den Genen welcher anderer Pflanzen war dieses Cannabis wohl ausgestattet worden? Mescalin? Tollkirsche? Bilsenkraut? Schon mehrfach hatte er Bekannte sagen hören, daß sie die Wirkung dieses »Drecks«, wie sie sich ausdrückten, nicht mochten. Akustische Halluzinationen hatte allerdings keiner von ihnen erwähnt.

Ich müßte in Erfahrung bringen, dachte Brink, *ob andere Menschen das auch hören, oder ob es nur mir passiert.*

Vielleicht war es möglich, im Internet etwas darüber zu finden? Brink setzte sich mit seinem Kaffee vor den PC. In seine Suchaktion vertieft, bemerkte er nicht, wie die Zeit verrann. Es war schon früher Nachmittag, als er, ohne auf etwas Erhellendes gestoßen zu sein, müde und hungrig den Computer ausschaltete. Erstaunlich, wie anstrengend geistige Tätigkeit doch sein konnte! Mit letzter Kraft kochte er eine neue Kanne Kaffee. Die brachte er zusammen mit etwas kaltem Fleisch, einer Tüte Kartoffelchips, einer Tafel Schokolade und einem Becher Speiseeis ins Wohnzimmer. Endlich konnte er sich aufs Sofa legen, um auszuruhen und sich zu stärken, natürlich nicht ohne Fernsehen.

Eine grell geschminkte Blondine sang soeben einen deutschen Popsong. Brink schenkte sich genüßlich die erste Tasse ein. Und prompt hieß es wieder: rußartiger Schmutz an der Unterlippe! Wie vom Donner gerührt, fror Brink mitten in seiner Bewegung ein. Zu den unsinnigen Worten, die er abermals klar und deutlich hörte, bewegte die Sängerin absolut synchron ihre Lippen. Nun hatte dieser Mist sogar das Fernsehen befallen! Ohne daß die Textzeile noch einmal vorkam, klang das Stück aus und mit ihm die ganze Sendung. Sofort begann etwas anderes. Brink blieb mit seinen nun gewaltig verstärkten Zweifeln zurück. Was zur Hölle war nur los? Er war gespannt, ob das fremdartige Phänomen künftig gehäuft aufttreten würde, und wechselte in rascher Folge von einem Kanal zum anderen. Mit Essen, Trinken und wahllosem Fernsehen verbrachte er die nächsten zwei Stunden, ohne daß das, wonach er Ausschau hielt, noch einmal auftrat.

So ging der Tag dahin. Heute würde die Küche nicht mehr aufgeräumt werden. Erst recht nicht nach so einem Schock. Brink seufzte erlöst auf: Endlich Feierabend. Er stellte den Fernsehton ab. Das war ein Tag gewesen! Wie er fand, hatte er jetzt etwas fürs Gemüt verdient. Und so drehte er, alle Bedenken beiseite schiebend, aus Tabak und dem zwar verdächtigen, keineswegs aber erwiesenermaßen schädlichen Kraut einen Joint. Welchen Sinn hatte es, sich mit wilden Spekulationen verrückt zu machen? Was zählte, war Genuß! Brink zündete die etwas unförmige Zigarette an und nahm feierlich den ersten Zug. Zugegeben, der Rauch hatte etwas Strenges, da gab es durchaus angenehmere Varianten. Schließlich kam es aber doch auf die Wirkung an, und die stellte sich rasch und kräftig ein.

Brinks Aufmerksamkeit wurde von den Vorgängen auf dem stummen Fernsehbildschirm gefesselt. Fremde Menschen sah er an geheimnisvollen Orten unergründliche Dinge tun wie in einer Dokumentation über eine längst versunkene oder gar außerirdische Zivilisation. Zunächst fand er alles faszinierend und auf hintergründige Weise bedeutungsvoll, mit der Zeit aber entglitt ihm sein Denkvermögen, die Fernbedienung fiel ihm aus der Hand. Tagtraumartig stellten sich seltsame Sexualphantasien ein, in denen eine Art Dummies undurchschaubare Rollen spielten, gingen dann aber in etwas über, für das Brinks Verstand keine begrifflichen Kategorien zu Gebote standen. Der Verstand kapitulierte und gab sich mildtätigem Schlummer hin.

Von einem lauten Geräusch wurde Brink geweckt. Mit pochendem Herzen lag er im Dunkeln, es mußte bereits später Abend sein. Die Leuchtziffern seiner Armbanduhr zeigten 24:19 Uhr an, auf dem Fernsehbildschirm wälzten sich zwei menschenähnliche Gestalten im Schlamm. Während Brink staunte, wie lange er geschlafen hatte, erregten weitere Geräusche seine Aufmerksamkeit. Alles sprach dafür, daß sie aus der Wohnung nebenan kamen. Die stand allerdings schon seit über einem Jahr leer, und sie würde garantiert nicht mehr vermietet werden. Nistete sich da drüben jemand ein, der es auf eine kostenlose Bleibe abgesehen hatte? Brink hatte sich sowieso gewundert, wieso das nicht schon früher geschehen war. Eventuell mußte die Polizei verständigt werden. Das hatte noch gefehlt! Es war in der Tat kein Vergnügen, ganz allein in diesem großen abbruchreifen Haus zu sein, ihm sträubten sich die Haare, wenn er daran dachte, was alles passieren konnte … In diesem Moment klingelte es an der Tür.

Brink zuckte zusammen. Auch das noch! Wie sollte er darauf reagieren? Sich tot stellen? Er erhob sich. Ohne Licht einzuschalten, ging er leise zur Tür, um durch den Spion hinauszuspähen. Draußen stand ein Mann, dessen Anblick ihn verblüffte. Es war Dr. Gangolf, der alte Hausarzt seiner Eltern. Was hatte ausgerechnet der hier zu suchen? Daß er überhaupt noch lebte! Es war, wie Brink schnell überschlug, bestimmt zwanzig Jahre her, daß er ihn zuletzt gesehen hatte, und schon damals war der Arzt im Pensionsalter gewesen. Seither schien er sich nicht verändert zu haben. Brink öffnete. Dr. Gangolf sprach ihn ohne Umschweife an: »Kommen Sie, Herr Brink! Ihr Vater ist sehr krank! Er muß ins Krankenhaus. Jeden Augenblick werden die Sanitäter eintreffen, um ihn abzuholen.«

»Mein Vater?« rief Brink wie vor den Kopf gestoßen aus. »Mein Vater ist tot!«

»Tot«, wiederholte Dr. Gangolf ernst. »Ja, sicher, das ist typisch. Für einen verantwortungslosen Gesellen wie Sie ist es freilich die bequemste Lösung, sich vorzumachen, der, den man schändlich vernachlässigt, sei tot.«

»Ich mache mir nichts vor«, entgegnete Brink selbstbewußt. »Mein Vater ist vor zweieinhalb Jahren gestorben. Das kann ich beweisen.«

Für Brink stand fest, daß der alte Arzt geistig verwirrt war. Allerdings erklärte das nicht sein überraschendes Auftauchen in diesem Haus.

»Was wollen Sie?« fragte Brink sehr bestimmt.

Unverändert ernst redete Dr. Gangolf auf ihn ein: »All die

Jahre hat Ihr Vater ganz in Ihrer Nähe gelebt. Hier, gleich nebenan, Tür an Tür, Wand an Wand mit Ihnen, und Sie haben ihn nicht ein einziges Mal besucht. Aus Liebe zu Ihnen, aus Sorge um Sie hat er diese andere Art des Begrabenseins gewählt, doch Sie haben nicht einmal zur Kenntnis genommen, daß er hier wohnt! Schande über Sie!«

Brink wurde ungehalten: »Jetzt reicht es aber! Bis vor einem Jahr hat da eine ältere Dame namens Berns gewohnt. Seitdem steht die Wohnung leer.«

Er blickte zur Nachbarwohnung hinüber und stellte fest, daß die Tür offen stand.

»Ach ja?« höhnte der alte Arzt. »Sie wissen natürlich alles besser. Schluß jetzt mit den Ausreden! Kommen Sie endlich! Tun Sie wenigstens dies eine Mal Ihre Pflicht! Vielleicht ist es die letzte Gelegenheit!«

Wenn Brink auch kein Wort glaubte, war er doch neugierig, was man ihm in der leeren Wohnung präsentieren würde. Er spielte mit dem Gedanken, es darauf ankommen zu lassen. Doch so ganz ungefährlich war es möglicherweise nicht. Theoretisch konnte der Kerl, sobald sie allein waren, abschließen und sich die Dr. Gangolf-Maske vom Gesicht reißen. Und dann? Aber praktisch, sagte sich Brink, war es doch ausgeschlossen, daß jemand auf den Gedanken käme, ihn ausgerechnet mit dieser Verkleidung zu täuschen! Kein Mensch konnte wissen, daß Dr. Gangolf vor langer Zeit der Hausarzt seiner Familie gewesen war. Vollkommen undenkbar, daß irgendwer versuchte, ihn auf diese Weise in eine Falle zu locken.

»Ich sollte es nicht tun«, sagte der Arzt, als Brink weiterhin zögerte, »aber vielleicht kann ich Sie auf diese Weise dazu bringen.«

Er hielt zwei Hunderter-Banknoten in der Hand und bot sie

Brink an. Dem fehlten die Worte. Selbstverständlich nahm er das Geld nicht an, aber jetzt wollte er doch wirklich wissen, was der andere ihm mit aller Gewalt zeigen wollte. Er mußte es riskieren. »Also gut, ich komme«, sagte er und trat ins Treppenhaus. Er ließ Dr. Gangolf vorausgehen. Wenn er ihn nicht im Rücken hatte, war ihm wohler.

In der ehemaligen Wohnung von Frau Berns war es stockfinster bis auf einen schwachen Lichtschein am anderen Ende des langen Flurs. Dr. Gangolf führte Brink zu dem Zimmer, in dem sich die Lichtquelle befand, eine schäbige alte Nachttischlampe. Dieser entsprach, soweit erkennbar, die übrige Einrichtung: Ein primitives, wahrscheinlich selbstgebautes Bett, ein abgenutzter Stuhl, ein großer Karton, ein schiefer Kleiderständer, an dem mehrere Fetzen hingen, und ein mit Kram übersäter kleiner Tisch. Nachdem Brink die kargen, tief verschatteten Verhältnisse flüchtig gemustert hatte, kehrte sein Blick zu dem Bett zurück. Etwas lag darauf, ein Haufen verklumpter Wäsche vielleicht oder eine zusammengeknäulte große Decke.

»Ja«, ließ sich Dr. Gangolfs Stimme vernehmen, »da ist er. Los, gehen Sie schon zu ihm!«

Prompt veränderte sich das Bild vor Brinks Augen. Die formlose Masse nahm Umrisse an, die es möglich scheinen ließen, daß da wahrhaftig ein Mensch lag. Ungläubig ging Brink näher heran, bis er direkt vor dem Bett stand. In der Tat sah er jetzt einen Mann darauf liegen, einen hageren Greis, in Seitenlage zusammengekrümmt und mit wie vom Schmerz verzerrten Zügen. Obwohl die schlechte Beleuchtung eine gespenstische Fratze daraus machte, konnte Brink nicht umhin, dieses Gesicht als das seines stark gealterten Vaters zu identifizieren. Den Totgeglaubten in diesem Raum vorzufinden, versetzte ihm einen Stoß. Es konnte doch nicht sein, daß sein Vater als Untermieter von Frau Berns hier gewohnt hatte!

Über den heiseren Klang der eigenen Stimme erschreckend, brachte Brink nicht mehr hervor als: »Vater?«

Die bis dahin krampfhaft zugekniffenen Augen des Liegenden öffneten sich. Es waren nicht die Augen eines Untoten oder Geistes, sondern die eines leidenden Menschen, wässrig und gerötet, doch mit klarem, gesammeltem Ausdruck. Unter dem stummen Blick seines Vaters wuchs Brinks Bestürzung und Verlegenheit. Schließlich entrangen sich ihm die Worte: »Du bist nicht tot? Ich war doch bei deiner Beerdigung!«

Der alte Mann erwiderte mit schwacher Stimme: »Woher willst du denn wissen, daß ich es war, der da beerdigt wurde?«

In der Tat hatte Brink ihn damals nicht tot gesehen, sondern war erst zur Beisetzung gekommen. Deshalb schwieg er. Geheimnisvoll fügte sein Vater hinzu: »Manchmal kommen die Toten aber auch wieder.«

Jetzt fiel Brink auf, daß sein Vater sich einen dunklen Lappen auf den Bauch preße und daß ja alles, der Lappen, das Hemd und das Bettzeug, voller Blut war. »Mein Gott!« rief er entsetzt. »Was ist denn nur mit dir? Bist du verletzt? Du blutest ja! Und Dr. Gangolf hat gesagt, du seist krank ...«

»Sei still«, sagte der Vater. »Gleich kommen die Sanitäter, aber vorher muß ich dir etwas Wichtiges mitteilen. Von deiner Schwester.«

Brink glaubte, sich verhört zu haben. Seine Schwester war, als er drei gewesen war, nicht einmal einjährig gestorben. Damals hatten sie in einem süddeutschen Ort mit Namen Crottenloh gewohnt. Brink besaß nur verschwommene Erinnerungen an damals, auch daran, daß etwas Schlimmes geschehen war.

»Deine Schwester sehnt sich nach dir«, fuhr der Vater jetzt fort.

»Vielleicht solltest du lieber nicht so viel reden«, schlug Brink vor. »Schone dich! Du hast eine Menge Blut verloren.«

Ohne darauf einzugehen, sprach der Vater unter großer Anstrengung weiter: »Sie wartet schon so lange auf dich und möchte endlich mit dir spielen. Ihr seid doch Geschwister.«

»Sie wartet auf mich?«

»Ja, in Crottenloh.«

Brink zweifelte nicht daran, daß der Verletzte phantasierte, und machte Blutverlust und Wundfieber dafür verantwortlich. Er näherte sein Ohr den Lippen des Vaters, um dessen nur mehr geflüsterte Worte hören zu können: »Geh zu ihr! Sie wird dich überschwenglich willkommen heißen, mein Junge!« hauchte der Vater. Wegen der Mühe, die ihm das Sprechen bereitete, pausierte er eine Weile mit geschlossenen Augen. Sein Atem ging so schwer und sein Gesicht veränderte sich in einer Weise, daß Brink glaubte, das Ende sei gekommen. Doch dann ging es weiter: »Ein übermütiges Herumtollen wird das werden! Wie wird sie sich freuen! Und da sind noch mehr ...«

Die folgenden Worte konnte Brink nicht mehr verstehen, denn im Treppenhaus wurden jetzt Schritte mehrerer Menschen laut, und Dr. Gangolf, der die ganze Zeit über schweigend im Türrahmen gestanden hatte, rief: »Aha, die Sanitäter kommen! Endlich!«

Zu Brinks grenzenloser Überraschung hatte sein Vater auf einmal zwei Geldscheine in der Hand, ebenfalls zwei Hunderter, und versuchte mit kraftlos stochernden Bewegungen, sie ihm zuzustecken. »Hier, nimm!« flüsterte er. Brink protestierte. Er tat es so leise wie möglich, damit Dr. Gangolf nichts mitbekam.

»Nun nimm schon!« beharrte der Greis.

»Warum?« wunderte sich Brink. »Ich meine, wofür?«

»Dafür, daß du zu mir gekommen bist.«

»Aber dafür mußt du mich doch nicht bezahlen.«

»Nimm es als Fahrgeld zu deiner Schwester!«

Bevor Brink etwas dagegen tun konnte, hielt er die Banknoten in Händen. Im selben Augenblick kamen die Sanitäter herein, und er wurde vom Bett fortgedrängt. Erstaunlich viele Helfer waren es, sechs Mann, die sich nun um den Patienten kümmerten, ihn nach erfolgter Erstversorgung auf eine mitgebrachte Trage legten und hinaustrugen. Verwirrt und ratlos wollte Brink ihnen nacheilen, wurde im Treppenhaus jedoch von Dr. Gangolf aufgehalten, der ihn anfuhr: »Hat Ihr Vater Ihnen soeben Geld angeboten?«

Verlegen bejahte Brink.

»Und? Haben Sie es angenommen?«

Nicht minder verlegen bejahte Brink auch dies. Zu seiner Entschuldigung legte er eilig die Umstände dar, die dazu geführt hatten, hob auch die Hand, in der er die Scheine noch zu halten glaubte. Unerklärlicherweise war sie aber leer. Der Arzt funkelte ihn voller Verachtung an und stieß zwischen den Zähnen hervor: »Sie sind ein Stück Dreck. Sehen Sie doch nur in den Spiegel! Mann, waschen Sie sich eigentlich jemals?« Daraufhin wandte er sich zum Gehen. In seiner tiefen Betretenheit äußerte Brink, er wolle ins Krankenhaus mitkommen. Dr. Gangolf fuhr herum.

»Ich verbiete es Ihnen. Sollten Sie versuchen, uns zu folgen, werde ich Sie niederschießen.«

Das einzige, was Brink hervorbrachte, war: »In welches Krankenhaus bringen Sie meinen Vater?« Doch im Hinablaufen schüttelte Dr. Gangolf lediglich wortlos den Kopf, als ob er Brink für einen hoffnungslosen Fall hielt.

Der taumelte benommen in seine Wohnung zurück. Zuerst schaltete er die Lampe im Flur ein, Dunkelheit war jetzt das Letzte, was er gebrauchen konnte. Er wollte in allen Zimmern Licht machen und sich vergewissern, daß keine Gespenster darin waren. Im Vorübergehen sah er sich selbst im Garderobespiegel und stutzte. Etwas schien mit seinem Gesicht nicht zu stimmen. Aus der Nähe erkannte er dann, daß er am Mund und auf der rechten Wange häßliche Schmutzflecken hatte. Das erklärte natürlich Dr. Gangolfs Frage, ob er sich jemals wasche. Vermutlich war er nebenan mit etwas in Berührung gekommen, das diese rußige, schmierige Schwärze hinterlassen hatte.

Sofort begab Brink sich ins Bad, um den Schmutz abzuwaschen. Es dauerte eine Zeit, bis die erstaunlich hartnäckige Verunreinigung beseitigt war. Was für ein Zeug das wohl gewesen sein mochte? Brink trocknete sich das Gesicht ab, dann machte er seinen geplanten Kontrollgang durch die Wohnung. Nichts und niemand außer ihm selbst hielt sich darin auf, nur der stumme Fernseher im Wohnraum lief noch immer. Er schaltete ihn aus. Wie ihm plötzlich sehr eindringlich bewußt wurde, war er die einzige lebende Seele in diesem ganzen dem Untergang geweihten Haus. Es war totenstill.

Konnte das, was er vorhin erlebt zu haben glaubte, auf das Rauchen jener erbgutveränderten Substanz zurückgeführt werden? Er fand, es sei besser, heute nicht mehr darüber nachzudenken. In der Hoffnung, am nächsten Morgen werde alles wieder in Ordnung sein, nahm er eine Schlaftablette, zog sich aus und ging ohne weitere Umstände zu Bett. Gewaschen hatte er sich schon mehr als genug.

Gegen Mittag wachte Brink auf. Die so ungeheuerliche wie lachhafte Szene mit seinem Vater fiel ihm wieder ein. Ausgeschlafen und vom Tageslicht ermutigt, konnte er sie nunmehr als das betrachten, was sie zweifellos war, als wilde Drogenphantasie. In der Nacht hatte ihm das genmanipulierte Dreckzeug einen absolut irren Alptraum beschert. Brink hatte auf diesem Gebiet schon einiges erlebt, doch so schlimm war es noch nie gewesen. Erscheinungen Verstorbener, die ihm Einladungen anderer Toter überbrachten, waren weitaus alarmierender als unsinnige Schlagertexte. Davon mußte er sich erst einmal erholen.

Mit dem immensen Hausarbeitsprogramm würde es heute nichts werden. Höchstens einkaufen gehen würde er später, denn es war so gut wie nichts Eßbares mehr da. Im Schlafanzug stellte er sich aus dem Vorhandenen ein Frühstück zusammen. Gottlob reichte der Kaffee noch. Um seinen mitgenommenen Nerven größtmögliche Schonung angedeihen zu lassen, trug er alles ins Wohnzimmer, wo er es sich vor dem laufenden Fernseher bequem machte. Er mußte damit rechnen, daß wieder von Schmutz auf der Unterlippe gesungen würde. Sein Gehirn brauchte sicherlich einige Zeit, um sich zu erholen. Wenn die genveränderte Droge es nur nicht schon dauerhaft geschädigt hatte! Ab sofort mußte er abstinent bleiben, dann hatte er am ehesten eine Chance zur Regeneration. Der mit dem letzten Rest Teewurst bestrichene Brotkanten würde ihm jetzt jedenfalls guttun. Er trank eine Tasse Kaffee und ließ es sich schmecken. Dabei wechselte er wie gewohnt von einem Kanal zum nächsten.

Auf einem Kanal fand er etwas Ansprechendes. Es lief eine beliebte Sendung über ungeklärte Kriminalfälle, bei denen paranormale Phänomene eine Rolle spielten. Soeben sah man den Reporter gemeinsam mit einer Dame, die ein wenig aussah wie die Mutter aus der Addams-Familie, vor einem unscheinbaren Haus stehen.

»Leider haben wir keine Erlaubnis bekommen, im berüchtigten Mühlenhaus Filmaufnahmen zu machen«, sagte er, »aber wir waren drinnen und haben uns umgesehen. Ich kann nur sagen, dies ist das unheimlichste Gemäuer, in dem sich unser Team jemals aufgehalten hat. Es steht seit vielen Jahren leer und ist inzwischen völlig heruntergekommen. Die Räume sind unvorstellbar verschmutzt, aber das allein ist nicht der Grund, weshalb man den Eindruck bekommt, sich an einem, ich kann es nicht anders ausdrücken, unreinen Ort zu befinden. Es ist die ganze Atmosphäre des Hauses, die dieses Gefühl erzeugt. Etwas Widerliches, zutiefst Unreines liegt in der Luft, alles scheint davon durchtränkt zu sein.«

Dann wandte er sich an die dunkle Dame: »Was genau ist im Mühlenhaus geschehen?«

»Gleich mehrere Kinder von Bewohnern sind hier verschwunden«, antwortete die Dame. »Kein einziger der insgesamt fünf bekanntgewordenen Fälle innerhalb von sechzig Jahren konnte aufgeklärt werden. «

»Fünf Fälle in ein und demselben Haus!« warf der Reporter ein und wandte sich der Kamera zu. »Sind diese Kinder Opfer von Verbrechen geworden? Kann angesichts einer solchen Zeitspanne von einem einzigen Täter ausgegangen werden? Was sonst könnte die Ursache des Verschwindens all dieser Kinder sein? Doch da gibt es ja noch mehr.«

»Ja«, fuhr die dunkle Dame fort, »man hat über die Jahre hinweg häßliche, dreckige Lumpenpuppen im Mühlenhaus gefunden, insgesamt fünf Stück. Und zwar jedesmal, wenn ein Kind verschwunden war. Man bekommt geradezu den Eindruck, daß ein Austausch stattgefunden hat.«

»Von den Lumpenpuppen gibt es Photos«, sagte der Reporter. »Wir zeigen Ihnen ein paar. Achtung! Das ist nichts für schwache Nerven!«

Auf dem Bildschirm erschienen nacheinander ein Dutzend Schwarzweißphotos von puppenähnlichen Objekten. Brink mußte zugeben, daß sie in der Tat abscheulich anzusehen waren. Wer sie angefertigt hatte, mußte in die Hölle geblickt haben. Es überlief ihn eiskalt, und förmlich aus dem Nichts fiel ihn die Empfindung einer Seelenzerrüttung an, die um so bodenlosere Ausmaße annahm, je länger er dem Anblick oder, wie es ihm mit einemmal vorkam, den Blicken der Dinge auf den Photos ausgesetzt war. Er wähnte, etwas Dunkles, Häßliches, das eigentlich nicht in für Menschen erfahrbare Bereiche gehören sollte, husche am Rand seines Denkens vorbei, nicht unähnlich der subliminalen Folge eines vergessenen Alptraums. Diese Überspanntheit konnte er sich nur als Nachwirkung der tags zuvor konsumierten Droge erklären, was ihm allerdings nicht im mindesten half, denn er bekam eine solch unsinnige Angst, daß er sich gezwungen sah, den Blick abzuwenden. Die Stimme des Reporters war zu hören:

»Sind dies alles Machwerke eines und desselben Perversen? Gemacht, um die Hinterbliebenen der Kinder zu quälen? Oder steckt etwas ganz anderes dahinter? Handelt es sich um paranormale Vorkommnisse? Berichten zufolge sollen damals mehrere Mieter des Hauses wegen unheimlicher Erlebnisse psychisch erkrankt sein, sogar Fälle von Selbstmord sind belegt.«

Die schwarz gekleidete Frau fuhr fort: »Und bis zuletzt haben Hausbewohner über Verlust und Verschmutzung ihrer Wäsche geklagt, auch sollen immer wieder Wände mit Teer beschmiert worden sein. Ob all diese Vorfälle mit dem Verschwinden der Kinder zu tun haben, darauf gibt es bis heute keine Antwort.«

»Mehr darüber in ein paar Minuten!« rief der Reporter.

Es folgte eine Werbeunterbrechung. Brink hoffte zitternd, daß keine Photos von den gräßlichen Lumpenbälgern mehr gezeigt würden. Trotzdem war er neugierig, wie die Sendung weitergehen würde. Einige Minuten später griff der Reporter den Faden wieder auf: »Kleine Kinder verschwinden, und abscheuliche Lumpenpuppen tauchen an ihrer Stelle auf, Mieter werden psychisch krank und begehen Selbstmord – das alles wird dem Mühlenhaus in Crottenloh zur Last gelegt.«

Crottenloh? Brink horchte auf. Das konnte der Mann nicht gesagt haben. Jetzt begann er ernsthaft, sich Sorgen um seinen Verstand zu machen. Seit gestern glaubte er die unmöglichsten Dinge zu hören, und es wurde immer toller.

»Deine Schwester wartet auf dich in Crottenloh«, hörte er das Gespenst seines Vaters krächzen. Die nächtliche Szene in der Nachbarwohnung ging, und da war er ganz sicher, auf das Cannabis-Konto. Aber was war mit dieser Fernsehsendung? Gebannt sah er auf den Bildschirm.

Mittlerweile standen der Moderator und die dunkle Dame nicht mehr im Freien vor dem Haus, sondern in einem Raum, der wie ein Archiv aussah. Sie hatten während der letzten Sekunden einiges gesprochen, das Brink in seiner Bestürzung nicht mitbekommen hatte. Soeben sagte der Moderator: »Wir befinden uns hier in einem Archiv des Schreckens, hier werden die Mühlenhaus-Dokumente aufbewahrt, unter anderem die Photos von den Lumpenpuppen, aber auch historische Abbildungen des Hauses und Presseberichte über Fälle, in denen Kinder verschwunden sind.«

Es waren jetzt Aufnahmen von einem bescheidenen Zweifamilienhaus zu sehen, die älteste laut Auskunft der dunklen Archivarin von 1911, die neueste aus der Gegenwart. Auf letzterer wirkte das Gebäude stark heruntergekommen, fast schon baufällig. Wie der Name vermuten ließ und wie eine Darstellung aus dem achtzehnten Jahrhundert belegte, hatte früher eine Mühle an der Stelle des Hauses gestanden. Vom Redefluß des Moderators begleitet, folgten verschiedene Dokumente, amtliche Protokolle über unheimliche Vorkomnisse, bräunliche Photographien, die verschmutzte Wäsche und beschmierte

Wände in einer Wohnung zeigten. In Brinks Augen hatten sie wenig Beweiskraft. Das konnten doch auch Kinder getan haben? Und von Kindern war als nächstes auch die Rede, allerdings von solchen, die aus dem Mühlenhaus verschwunden sein sollten. Brink war gespannt.

»Hier«, tönte der Reporter, »sehen Sie historische Zeitungsmeldungen aus dem hiesigen Kreisanzeiger von solchen Kindesentführungen.«

Brink sah die in Fraktur gesetzten Meldungen auf vergilbtem Papier, deren Wortlaut in kurzen Auszügen von einer Off-Stimme vorgelesen wurde. Der vierte oder fünfte Entführungsfall mußte sich, wie Brink anhand der genannten Jahreszahl schnell überschlug, zu der Zeit ereignet haben, als seine Familie in dem Ort gewohnt hatte. Der unsichtbare Sprecher las in reißerischem Tonfall vor: »Am Morgen des vierzehnten März fanden die Eheleute B. aus Crottenloh im Bett ihres knapp einjährigen Töchterchens nur eine Puppe aus schmutzigen Lumpen. Von ihrem Kind fehlt seither jede Spur.«

Brink schrie auf. Auf dem alten Zeitungsphoto mit der Unterschrift »Aus glücklichen Tagen« konnte er seine Eltern und sich selbst erkennen. Die Mutter hielt einen Säugling auf dem Arm. Sie hatten im Mühlenhaus gewohnt! Seine kleine Schwester war damals also nicht gestorben, sondern … Bis zuletzt hatten seine Eltern vor ihm verheimlicht, was wirklich geschehen war. Eine Lumpenpuppe im Kinderbett! Er hatte plötzlich wider alle Vernunft das dumpfe Gefühl, als ob die Vorstellung, die diese Worte auslösten, etwas in ihm berühre, das allerdings zu tief begraben lag, um als Erinnerung an die Oberfläche zu steigen. Doch da konnte ja überhaupt nichts begraben sein!

»Deine Schwester sehnt sich nach dir«, hörte Brink seinen

alten, in all dem Blut liegenden Vater flüstern. »Sie wartet schon so lange auf dich und möchte endlich mit dir spielen. Ihr seid doch Geschwister.«

»Sie wartet auf mich?«

»Ja, in Crottenloh.«

»Das Mühlenhaus in Crottenloh kann übrigens auch besichtigt werden«, sagte der Reporter soeben.

»Genau«, bestätigte die Dame in Schwarz und lächelte, »allabendlich zur Geisterstunde.«

»Richtig zünftig«, meinte der Reporter dazu. »Und das war's dann auch schon wieder. In unserer heutigen Sendung stellten wir Ihnen das Mühlenhaus in Crottenloh vor. Weitere Informationen finden Sie im Internet unter ...«

Brink schaltete den Fernseher aus. Unfaßbar! Das Haus, in dem er als kleines Kind gewohnt hatte – ein Ziel von Spuktouristen! Daß dieser Bericht aber auch ausgerechnet jetzt gesendet wurde, nur ein paar Stunden, nachdem Brink seinen drogengenerierten Vater vom Verschwinden der Schwester hatte erzählen hören! Er wollte am liebsten sofort hinfahren und das Haus besichtigen. Aber wie? Eine Zugfahrt konnte er sich nicht leisten. Das Haushaltsgeld, das Regina ihm dagelassen hatte, war fast aufgebraucht. Damit war die Sache schon erledigt. Am besten vergaß er das Ganze und ging einkaufen. Es führte kein Weg daran vorbei.

Brink zog seine verstreut herumliegenden Kleidungsstücke vom Vortag an. Doch beim Anziehen der Hose hörte er ein ungewohntes Knistern und sah, daß etwas aus der rechten Tasche lugte. Er zog es heraus und starrte es an. Das, was er in der Hand hielt, verhöhnte durch seine Existenz jede Vernunft. Brink wurde so schwindlig, daß er sich auf den Boden setzen mußte. Wenn er sich etwas auf keinen Fall erlauben wollte, dann war es das Ziehen von logischen Schlüssen. Er mußte es nehmen, wie es war. Es war ein Zeichen, ein sogenannter Wink des Himmels! Alles paßte perfekt zusammen. Brink konnte frei über seine Zeit verfügen, und die vier Hunderter reichten allemal für die Hin- und Rückfahrt inklusive Essen, Trinken und Übernachtung.

Nach einer fast sieben Stunden dauernden Bahn- und Busfahrt kam Brink spät abends in Crottenloh an. In diesem nichtssagenden Kaff hatte er also einmal gelebt. Er erkannte nichts wieder, weil er keine Erinnerung daran hatte. Als die Eltern mit ihm fortgezogen waren, war er erst drei gewesen. Aber vermutlich hatte sich seither nicht viel verändert, das Rathaus und die übrigen Gebäude rings um den Busbahnhof jedenfalls stammten sämtlich aus früheren Jahrhunderten. Es war kein Mensch zu sehen, nur eine schwarze Katze lief quer über die Straße und wurde im Schatten der Häuser unsichtbar. Zuerst wollte Brink sich eine Übernachtungsmöglichkeit suchen und dann essen gehen. Gegenüber dem Bahnhof verkündete ein beleuchtetes Wirtshausschild: *Gasthof und Hotel Zur Krone*, und so kehrte Brink dort ein.

An der Rezeption erfuhr er von einer runzligen kleinen Dame, daß er sehr wohl ein Zimmer bekommen könne und daß die Küche noch geöffnet sei. Er fand, die Dame sähe ihn ein wenig seltsam an, geradezu als hätte er etwas im Gesicht. Als er von ihr den Schlüssel empfing und auf sein Zimmer gehen wollte, fiel ihm jäh etwas auf, dessen er sich bis zu diesem Moment nicht bewußt gewesen war – er hatte überhaupt kein Gepäck dabei! Er war einfach aus dem Haus gegangen, ohne irgend etwas mitzunehmen! Nach dem ersten Schreck beruhigte er sich aber schnell, denn er dachte: *Was brauche ich schon groß? Geld habe ich genug dabei, und morgen fahre ich gleich nach dem Frühstück heim.*

Der Gang aufs Zimmer erübrigte sich. Brink konnte direkt

in der Gaststube Platz nehmen, wo dann die Dame von der Rezeption seine Bestellung entgegennahm. Während er aufs Essen wartete, blieb ihm genügend Zeit, um in aller Ruhe die Toilette aufzusuchen. Beim Händewaschen betrachtete er sein Spiegelbild und stellte voller Unwillen fest, daß er schon wieder etwas Schwarzes im Gesicht hatte. Auf der Unterlippe, fast schon im linken Mundwinkel, klebte die gleiche rußig-schmierige Materie wie in der Nacht zuvor. Woher kam dieses Zeug nur? Fluchend wusch er es ab.

Nach dem Essen ließ er sich den Weg zum Mühlenhaus beschreiben. Wie ihm versichert wurde, waren es zu Fuß nur zehn Minuten. Vorsichtshalber erkundigte er sich nach den Besichtigungszeiten, und die runzlige Dame sagte: »Es ist seit Einbruch der Dunkelheit geöffnet.«

Zehn Minuten später erreichte Brink die Stelle, wo das Haus sein sollte. Er stand vor einem hohen, wehrhaften Zaun aus Maschen- und Stacheldraht, gekrönt mit einem Verhau, der eines Gefangenenlagers würdig gewesen wäre. Der Zaun faßte das ganze dunkle, schrottplatzartig anmutende Grundstück ein. Eine ebenfalls mit Stacheldraht bespannte Holztür war in den Zaun eingelassen. Auf der anderen Seite, vielleicht fünfzehn Meter entfernt, konnte Brink eine große schwarze Fläche erkennen, deren oberer Teil etwas von der Form eines Spitzgiebels hatte. Das mußte das Haus sein. Dahinter hoben sich die Silhouetten riesiger Tannen vom Nachthimmel ab. Das einzige Licht weit und breit kam von einer Lampe, die über der Tür im Zaun hing. Nirgendwo konnte Brink Hinweise auf das Mühlenhaus und eventuelle Besichtigungszeiten entdecken.

Wie er noch so ratlos herumstand, näherten sich von der anderen Seite auf einmal Schritte. Ein großer, älterer Mann mit geschultertem Gewehr trat in den schwächlichen Lichtschein bei der Tür. »Wollen Sie auch ins Haus?« fragte die wachsoldatenhafte Erscheinung mit rauher Stimme. Eingeschüchtert bejahte Brink. Der Mann schob zwei Riegel zurück und entfernte ein Vorhängeschloß, dann schwang der Türflügel knarrend auf.

»Wieviel kostet die Besichtigung?« fragte Brink, als er zögernd eintrat. Der Mann nannte einen unverschämt hohen Betrag. Einen Moment lang schwankte Brink, ob er unter solchen Umständen nicht lieber verzichten sollte. Aber dann fand er, daß es idiotisch wäre, nun, da er einmal so weit vorgedrungen war, umzukehren. Außerdem hatte er ja Geld, das auszugeben ihm nicht wehtat. »Ich muß erst nachsehen, ob ich so viel dabei habe«, sagte er zu dem in aller Ruhe abwartenden Wächter und zählte seine restliche Barschaft. Der Betrag, der von den vier Hundertern übrig war, entsprach exakt dem geforderten Eintrittspreis. Nach einem entgeisterten Blick in das teilnahmslose Gesicht des anderen willigte Brink ein und gab sein ganzes Geld hin.

»Haben Sie eine Taschenlampe?« fragte der Wächter. »Nein? Dann nehmen Sie die hier.«

Er reichte Brink ein offenbar schon älteres, doch solide aussehendes Modell. Mit den Worten: »Wünsche angenehmen Aufenthalt« ging er fort. Schon in der nächsten Sekunde hatte ihn die Dunkelheit verschluckt. Brink schaltete die Taschenlampe ein und machte sich dahin auf, wo er das Ziel seiner Reise vermutete. Zu beiden Seiten des Wegs erstreckte sich ein Chaos aus Autowracks, großen Maschinenteilen und anderem Schrott. Vor ihm auf dem Boden schimmerten ölig schwarze Pfützen, so daß Brink genau achtgeben mußte, wohin er trat, während er sich dem Haus näherte. Als das Licht der Taschenlampe schließlich auf die schäbige Fassade fiel, glaubte Brink in der Tat, das schlichte Wohnhaus aus dem Fernsehbericht zu erkennen. Zweifellos war es seit langem unbewohnt. Die Eingangstür stand offen.

Im feucht-kalten Treppenhaus empfing den Eintretenden würgend stickige Luft. Nur kurz blieb er stehen, um in alle Richtungen zu leuchten: schimmlige, beschmierte Wände, Trümmer und Unrat am Boden. Dann betrat er die Wohnung.

Es war ganz still, nur seine eigenen Schritte hallten in der Leere wider. Der erste Raum war groß, leer und schmutzig. Von den feuchten, rissigen Wänden hingen häßliche Tapetenbahnen, Teile des Deckenputzes lagen auf dem Dielenboden, der stellenweise Reste eines uralten Linoleumbelags aufwies. Die Fenster waren von außen mit Brettern zugenagelt … Und das war nun alles, was Brink für das viele Geld bekam? Dafür der ganze Aufwand? Was hatte er sich nur davon versprochen? In diesem Loch sollte er die ganze Nacht verbringen? Ein Irrsinn war das! Aber irgendetwas mußte doch für ihn dabei herauskommen!

Mißmutig wandte er sich dem nächsten Zimmer zu, dessen Tür geschlossen war. Als Brink die Tür öffnete, schrak er augenblicklich zurück, denn entgegen jeder Erwartung war das Zimmer weder dunkel noch leer. Bei spärlichem Kerzenlicht waren fünf Gestalten versammelt, die bewegungslos dastanden, als seien sie bei einer geheimen Tätigkeit erwischt worden. Verlegen knipste Brink seine Lampe aus und murmelte einen Gruß. Der wurde aber nicht erwidert, und es bewegte sich auch weiterhin niemand. Ob die so überrascht scheinenden Anwesenden ihn verärgert oder gar feindselig ansahen, konnte Brink nicht erkennen, weil sie die Lichtquelle im Rükken hatten und ihre Gesichter nunmehr in völligem Dunkel lagen. Brink hatte jedenfalls das Gefühl, er sei hier nicht geduldet, und so zog er sich zurück und schloß die Tür. Sollten sie doch unter sich bleiben.

Natürlich, er war nicht der einzige Besucher, damit hätte er rechnen müssen. Das Mühlenhaus war höchstwahrscheinlich ein Publikumsmagnet, erst recht nach der Fernsehsendung. Der Besitzer mußte bei dem unverschämten Eintrittspreis gut verdienen! Brink setzte seinen Streifzug fort. Da es keine Familienphotos von der Wohnung gab, konnte ihm alles, was er hier sah, nur fremd und nichtssagend erscheinen.Doch vielleicht stieß er ja irgendwo auf etwas, das eine Kindheitserinnerung auslöste. Er hatte angenommen, seine Familie hätte damals vielleicht drei oder höchstens vier nicht sehr große Zimmer bewohnt, dies hier aber war eine ganze Flucht leerer Räume. Ihn wunderte, wie außerordentlich zahlreich sie waren und wie unübersichtlich angeordnet. Fast jede Wand enthielt eine Tür, und markante Orientierungspunkte fehlten. Obwohl dies hier doch wahrlich kein sehr großes Haus war, konnte man sich darin verlaufen.

Brink betrat eine weitere Diele. Er lauschte, ob von den anderen etwas zu hören war. Es war totenstill. Langsam und vorsichtig drang er weiter vor. Im Schein der Taschenlampe offenbarte sich die gleiche Ödnis wie zuvor. Doch nach zwei, drei Schritten erkannte Brink die Umgebung wieder. Diese Diele war er schon einmal entlang gegangen und hatte dabei genau das gesehen, was er jetzt sah: Die schwarz beschmierten Wände, die Papierfetzen auf dem verdreckten Fußboden, die offenen Türen. Aber nicht in seiner Kindheit, sondern im Traum war er hiergewesen! Dagegen lehnte sich sein Verstand auf. Er versuchte, darüber nachzudenken, schaffte es aber erschreckenderweise nicht. Ihm war, als ob sein Gehirn entweder nicht bereit oder nicht fähig wäre, sich damit auseinanderzusetzen. Beim Versuch, diese Barriere gewaltsam zu durchbrechen, wurde ihm schwindlig. Nach einem weiteren Anlauf fühlte er sich mental dermaßen überfordert, daß ein übelkeiterregender Wirbel in seinem

Bewußtsein entstand. Er hatte keine andere Wahl, als das Thema unverzüglich fallen zu lassen. Um sich loszureißen, mußte er alle ihm verbliebene Willenskraft einsetzen. Völlige Erschöpfung war die Folge. Brink ging in die Knie, am liebsten hätte er sich auf den Boden gelegt, widerstand diesem Bedürfnis jedoch, weil es ihm jetzt wichtiger schien, so schnell wie möglich fortzulaufen. Wenn er dazu nur in der Lage gewesen wäre!

Vor Kälte begann er zu zittern. Alles, was er von Lumpenpuppen und verschwundenen Kindern, von Selbstmorden und psychischer Erkrankung früherer Bewohner gehört hatte, kam ihm in den Sinn. Und die Photos. Hätte er nur nie die verfluchten Photos gesehen!

Zu spät. Es war geschehen, sie hatten einmal den Weg in sein Bewußtsein gefunden. Sie waren da. Er stellte sich vor, ja, er glaubte zu spüren, wie sich die Zimmer mit schwarzen Lumpengespenstern füllten, die höchstwahrscheinlich aus den Flecken an den Wänden krochen. Aus alten Lappen zusammengeschnürt, sahen sie unförmigen Kadavern ähnlich, die in öligen Pfützen gebadet hatten. Manche wanden sich wie Larven, andere hüpften und humpelten auf ungleich langen, verkrüppelten Beinen. So etwas wie Arme hatten viele gar nicht, und eine Anzahl bestand nur aus grotesken Mumienköpfen. Sie lagen in Kinderbetten, saßen an Tischen bei abscheulichen Mahlzeiten, lasen zerknüllte, dreckige Zeitungsfetzen oder beschmierten lediglich die Wände mit ihren Köpfen. Was sie in Küche und Bad taten, verstand Brink nicht, er kam einfach nicht dahinter. Aus ihren blöden, schwarzen Mäulern würgten sie mit ekelhaften Stimmen den aberwitzigsten Nonsens hervor.

Obwohl ihm sein Verstand sagte, daß es sich bei alldem um einen Amoklauf seiner strapazierten Nerven handelte, war Brink wie von Sinnen. Aufs äußerste angespannt richtete er den Strahl der Lampe auf die Türöffnung, in der ihm im Traum das kleine Mädchen erschienen war. Er fühlte sich gezwungen, dorthin zu starren und wurde gleichzeitig fast verrückt vor Angst davor, das, was er erwartete, könne sich wirklich zeigen. Und das war mitnichten ein Geist mit dem Aussehen des Mädchens, das ihn schmutzig nannte. Vielmehr befürchtete Brink ernsthaft, im nächsten Moment werde wie eine Kasperle-Handpuppe der Schlimmste aller Lumpen-Popanze um die Tür herumlugen. Wenn ihn dessen Blick träfe, wäre es um ihn geschehen, unverzüglich würden sich alle auf ihn stürzen. Schon glaubte er, unstete, klumpige Schatten zu sehen, die auf Wege sannen, die Helligkeit des Lichtkegels zu umgehen …

Er mußte fort, aber er war nicht sicher, ob er aufstehen und laufen konnte. Schob sich da nicht etwas Wulstiges, Deformiertes in den Türspalt? Brinks Nerven hielten der Zerreißprobe nicht länger stand. Laut aufstöhnend sprang er auf, rannte wild um sich leuchtend davon. Er mußte zu den anderen Besuchern. Es war ihm gleichgültig, ob sie ihm unsympathisch waren. Wenn er nur in der Nähe von Menschen sein durfte! Eilig strebte er dem Raum zu, in dem er die anderen vorhin zurückgelassen hatte. Doch der, den er ganz selbstverständlich ansteuerte, erwies sich als der falsche. Niemand hielt sich darin auf. Auch das zweite Zimmer, das er betrat, fand er leer. Zu allem Überfluß ging jetzt auch noch die Taschenlampe plötzlich aus. Fluchend schüttelte Brink sie und klopfte ans Gehäuse, doch es half nichts. Höchstwahrscheinlich war die Batterie leer. Und das in einem Raum, in dem die Bretter vor den Fenstern für absolute Finsternis sorgten!

Im ganzen Haus war kein Laut zu hören. Brink stützte sich an die Wand. Jetzt hatten sie ihn. Ohne Licht half ihm nichts gegen die grauenvollen Lamien! Gleich mußte etwas Kaltes, Feuchtes wie ein dreckiger Lappen über sein Gesicht fahren.

Brink fürchtete zu ersticken. Er stand unmittelbar davor, gellend zu schreien. Was ihn letztlich davon abhielt, war die Gewißheit, daß die Menschen, die er suchte, ganz in der Nähe sein mußten, und ihn sein Angstgeschrei unweigerlich ihrem Spott aussetzen würde.

Brink versuchte sich zu beruhigen. Er mußte sich einfach auf gut Glück an den Wänden entlangtasten. Früher oder später würde er dann schon die richtige Tür, den richtigen Raum finden. Also tappte er weiter und weiter.

Doch nirgendwo war auch nur der geringste Lichtschimmer zu entdecken. Saßen die anderen etwa im Dunkeln? Erwarteten sie ganz still das Erscheinen eines Spukphänomens? Sie konnten ja nicht ahnen, daß seine Taschenlampe ausfallen würde. Weiter ging es, die Wände entlang. Endlich fühlte Brink eine Tür unter seinen Händen. Voller Hoffnung stieß er sie auf, und sofort entstand etwas Helligkeit. Hier war ein Raum, der nicht in völliger Finsternis lag! Das Fenster war unvernagelt, fahles Mondlicht fiel herein.

Nachdem Brink eingetreten war, blieb er stehen und schaute angestrengt in die Schatten, die sich am Boden stellenweise zu schwarzen Haufen verdichteten. Da lag oder stand etwas im Weg, es galt also, vorsichtig zu sein, um nicht zu stürzen. Brink wartete, bis sich seine Augen an die Lichtverhältnisse gewöhnt hatten. Die Formen der Hindernisse traten nach einer Weile deutlicher hervor, und plötzlich meinte Brink, sitzende Menschen zu sehen. Er war sich sicher: Er hatte die anderen gefunden. Vor Erleichterung hätte er laut auflachen mögen. Weil sie aber so stumm und reglos am Boden saßen, wollte er nicht stören und verhielt sich still.

Keiner der fünf reagierte auf seine Gegenwart, anscheinend befanden sie sich im Zustand äußerster Konzentration. Hin und wieder leuchtete mal vor diesem mal vor jenem Kopf die rote Glut einer Zigarette auf, ohne daß Gesichtszüge erkennbar wurden. Ein beißender Brandgeruch lag in der Luft. Unter Vermeidung störender Geräusche schlich Brink näher und ließ sich diskret in der Lücke zwischen den beiden Nächstsitzenden nieder. Nicht einmal aus so geringer Entfernung vermochte er festzustellen, ob er eine Frau oder einen Mann neben sich hatte. Geduldig und erwartungsvoll verharrte er auf dem kalten Fußboden. Vorerst genügte es ihm, nicht mehr allein zu sein. Da er aber nicht in den sich hier vollziehenden schweigsamen Vorgang eingeweiht war, und nachdem auch nicht das Geringste geschah, wurde ihm bald langweilig. Es mißfiel ihm außerdem, daß die anderen ihn einfach nicht beachteten. Da tat sich etwas.

Der Schatten zur linken bildete eine Verlängerung aus, die auf Brink zuwuchs, und zwar in Gestalt eines Silhouetten-Armes, an dessen Ende eine Zigarette glimmte. Also registrierte man seine Anwesenheit doch, bedachte ihn sogar mit dieser freundlichen Geste, die ihm den Eindruck vermittelte, dazuzugehören. Erfreut nahm er das Angebot an und hoffte, es werde kein genmanipuliertes Cannabis im Tabak sein. Er paffte einen Zug. Nein, Cannabis war das bestimmt nicht, ebensowenig normaler Tabak. Was es auch sein mochte, es schmeckte und roch abstoßend. Brink war froh, nicht inhaliert zu haben, so war ihm wenigstens ein Hustenanfall erspart geblieben. Er reichte die Zigarette zurück, das heißt, er hielt sie in die Richtung des Schattens, wo sie dann aus seiner Hand verschwand …

Im Raum schien es noch dunkler zu werden. Die Umrisse der am Boden Sitzenden hoben sich nicht länger von ihrer Umgebung ab. Auch zeigte kein rotes Aufglühen mehr an, wo sich ein Kopf befand. Alles verschwamm zu einheitlicher Schwärze. Aber es war nicht bloß Brinks optischer Eindruck, sondern er begriff, daß diese Schwärze in jeder Hinsicht alles war, was es jetzt noch gab – sie durchdrang ihn vollkommen, so wie rußiges, erdiges Wasser ein Wäschestück durchweicht. Jetzt war er schmutzig, o ja, das war er! Wie recht das kleine Mädchen hatte! Doch damit war es nicht genug. Die Schwärze zersetzte und verwandelte ihn, bis er selbst ein Teil von ihr, bis er ganz und gar zu Schmutz geworden war. Er empfand überschwengliche Freude darüber, fühlte sich herzlich aufgenommen. Nun hatte alles Warten, alle Sehnsucht ein Ende. Endlich konnte er nach Herzenslust mit Seinesgleichen herumtollen, denn jetzt gehörte er zu denen, die hier überall in Kinderbetten lagen, an Tischen saßen oder mit ihren Köpfen die Wände beschmierten. Endlich wußte er auch, was sie in Küche und Bad taten.

SPEKTAKULÄRE VERÄNDERUNGEN

Spät abends kehrte ich von einem forschungsbedingten einjährigen Auslandsaufenthalt heim. Ich war froh, als das Taxi die Einfamilienhaus-Siedlung am Stadtrand erreichte, wo ich mit Grimp wohnte. Obwohl Grimp ein wenig »schwierig« war, hatte ich keine Bedenken gehabt, sie für so lange Zeit allein im Haus zu lassen. Wenn sie ihre Medikamente regelmäßig nahm, konnte sie auf ihre klaustrophile Art durchaus unauffällig leben. Sie hatte eine unüberwindliche Abneigung gegen Menschen und war außerstande, einer beruflichen Tätigkeit nachzugehen, wußte sich aber sehr wohl zu beschäftigen. Bisher war sie stets diszipliniert ihren eigenen Interessen nachgegangen, von denen ich allerdings gar nicht genau wußte, worin sie eigentlich bestanden. Grimp brauchte sich sonst um nichts zu kümmern, zweimal wöchentlich kam eine Haushaltshilfe, die auch einkaufte und kochte.

Ich wunderte mich, daß alle Fenster dunkel waren und Grimp sich nicht blicken ließ, obwohl sie doch wußte, daß ich an diesem Abend zurückkehrte. Während ich mein Gepäck zum Haus trug, begann ich, mich zu fragen, ob es richtig gewesen war, sie für ein ganzes Jahr sich selbst zu überlassen. Vielleicht wollte Grimp sich aber auch nur einen Scherz mit mir erlauben? Ich schloß die Haustür auf.

Wie schwer sie sich öffnen ließ! Da mußte etwas im Weg liegen – um Gottes Willen, Grimp! Nein, ein menschlicher Körper konnte es nicht sein. Was da weggeschoben wurde, raschelte wie Papier, und Teile davon fielen klatschend zu Boden. Dann verklemmte sich die Tür.

Mit Müh und Not konnte ich mich durch den Spalt zwängen. Ich drückte den Schalter für die Flurbeleuchtung, doch es geschah nichts. Vielleicht war die Sicherung defekt?

»Grimp?« rief ich. »Hallo, Grimp! Ich bin da!« Keine Antwort. Ich rief noch einmal, wieder nichts. Meine Stimme schien seltsam widerzuhallen. Im schwach hereinfallenden Licht der Straßenlaterne erblickte ich dann die Ursache für die Widerspenstigkeit der Haustür. Vor meinen Füßen lag ein Haufen Zeitungen und Briefe, ein dicker Umschlag war unter die Tür geraten und blockierte sie. Wie es aussah, hatte man seit meiner Abreise alles, was eingeworfen worden war, unbeachtet liegen gelassen. Die Haushaltshilfe hätte es aber doch aufheben müssen, oder war sie etwa nie gekommen? Ich hatte regelmäßig mit Grimp telephoniert, zuletzt am Vortag, doch nie war von irgendwelchen Unregelmäßigkeiten die Rede gewesen.

Als ich den Blick von dem rätselhaften Papierberg am Boden hob, hatten meine Augen sich so weit auf die Lichtverhältnisse eingestellt, daß mir die Veränderung in der Diele auffiel. Himmel! Wo waren die Möbel, die Bilder, der Läufer? Sogar die Lampe war fort, daher gab es also kein Licht. Noch einmal rief ich nach Grimp und erhielt wieder keine Antwort.

Ich eilte zum Wohnraum – auch dort gab es keine Einrichtungsgegenstände mehr. In den übrigen Zimmern war es das gleiche. Das ganze Haus war vollkommen leer! Was zum Teufel war geschehen? Wo war Grimp?

Ich muß die Polizei verständigen, dachte ich.

Da kam mir in den Sinn, es sei vielleicht ratsam, sich vorher bei den Nachbarn zu erkundigen, ob sie etwas wußten. Ein ganzes Haus konnte nicht restlos leergeräumt werden, ohne daß es jemandem auffiel. Ich lief an dem Poststapel und meinem Gepäck vorbei ins Freie.

Bei Bertelsmanns, die im Haus nebenan wohnten, läutete ich Sturm, doch niemand öffnete. War hier etwa auch alles leer und verwaist? Nein, ich hörte die Stimmen mehrerer Leute, die sich offenbar hinter dem Haus aufhielten.

Ich ging um das Haus herum. Im kaum beleuchteten Garten stand eine Gruppe Menschen im Halbkreis. Einer hatte ein Beil in der Hand. Am Boden schien etwas Dunkles zu liegen. Man ließ mich nicht näher herankommen, Frau Bertelsmann löste sich aus der Gruppe und fing mich ab.

Durch das Verhalten der Nachbarn vollends verunsichert, brachte ich stammelnd mein Anliegen vor.

Frau Bertelsmann sagte weiter nichts dazu als: »Ja, glauben Sie vielleicht, das wäre die einzige Besonderheit, die sich hier ereignet hat?«

Sie kam dicht zu mir heran, öffnete ihren Mund weit und leuchtete mit einer kleinen Taschenlampe hinein. Unübersehbar sprossen ihr zahlreiche etwa fünf bis sieben Millimeter lange schwarze Borsten aus Zahnfleisch und Schleimhäuten.

Ich konnte nur staunen, wie sehr sich alles in diesem einen Jahr verändert hatte.

S-BAHN-PASSAGIER

Jeden Abend um 23:30 Uhr stehst du im Dunkeln am Fenster und siehst auf die Bahnlinie hinaus, die in höchstens zwanzig Metern Entfernung an deinem Haus vorbeiführt. Seit einer Woche tust du das nun, nachdem dir zufällig der große bleiche Kopf in einem der hellen Fensterrechtecke der ansonsten ganz leeren S-Bahn aufgefallen ist. Er hat dich so aus dem Gleichgewicht gebracht, daß du am nächsten Abend nach ihm Ausschau gehalten hast. Unglaublicherweise wiederholte sich der Vorgang um dieselbe Uhrzeit (du hast sie dir gemerkt) wie am Vortag. Alle vierundzwanzig Stunden verfolgst du seitdem, wie die Erscheinung an deinem Fenster vorüberzieht. Du kannst nicht glauben, daß dieser, dir immer nur sein Profil bietende Kopf einem lebenden Menschen gehören soll, denn er wirkt eher wie die mißlungene Bastelarbeit eines entwicklungsgestörten Kindes oder wie der Scherz eines Erwachsenen mit Neigung zum Makabren. Es sind nicht einmal Ohren an dem kahlen, nach hinten gesunkenen Schädel; die Nase sieht aus wie ein kurzer Wurmfortsatz, das zu weit hinten plazierte Auge ist zugekniffen, der zahnlose Mund dagegen steht weit offen. Wer setzt da allabendlich so ein Scheusal aus Stoff oder Pappmachée an immer denselben Platz in dem stets menschenleeren Zug? Diese Frage beschäftigt dich, doch du hoffst kaum, je eine Antwort darauf zu finden. Wahrscheinlich wird das klobige Ding einfach eines Abends fehlen, und das Rätsel bleibt für alle Zeit ungelöst, also nimmst du dir vor: *Morgen geh ich zur nächsten S-Bahn-Station und schau mir die lächerliche Figur aus der Nähe an.* Es interessiert dich, ob dieser unförmige Kopf auf einem entsprechend gebauten Körper sitzt.

Gleich muß der Zug kommen. Mit dem Fernglas vor den Augen stehst du auf deinem Beobachtungsposten. Und da schieben sich auch schon die hellerleuchteten Waggonfenster in dein Blickfeld. Wie immer ist die Bahn leer, abgesehen von dem auch heute am gewohnten Platz installierten Ulk. In weniger als zehn Sekunden wird die Vorstellung beendet sein, länger braucht die Bahn nicht, um dein Panorama von rechts nach links zu durchmessen. Heute abend jedoch, als du die bleiche, zurückgekippte Karikatur von einem Kopf kaum länger als drei Sekunden im Visier hast, bleibt der Zug stehen. Du jubelst. Nun hast du endlich Gelegenheit zu ausgiebiger Betrachtung. Am liebsten würdest du hinlaufen und in den stehenden Zug einsteigen, was natürlich unsinnig ist. Die S-Bahn kann jeden Augenblick weiterfahren, du tust also gut daran, die Zeit zu nutzen und den Gegenstand deiner Neugier genau unter die Lupe zu nehmen. Während du dies ungehindert tust, beschleicht dich bei dem befremdlichen Anblick ein ungutes Gefühl. Allmählich hast du den Eindruck, etwas Ungehöriges zu tun, indem du jemanden so hemmungslos anstarrst. Jemanden? Nein, das ist selbstverständlich eine ganz und gar unangebrachte Empfindung, eine stark übertriebene Auffassung von Diskretion. Was du da betrachtest, dieses Zerrbild eines schlafenden, oder eher, toten Greises, ist lebloses Material, nur kannst du noch nicht mit Bestimmtheit entscheiden, welcher Art dieses Material ist. Einiges spricht für eine Modelliermasse wie zum Beispiel Gips. Auf einmal hoffst du, der Zug möge endlich seine Fahrt fortsetzen, doch dies geschieht nicht. Etwas anderes geschieht: Der Kopf scheint sich plötzlich zu bewegen. Zunächst glaubst du an eine Täuschung, doch dann besteht kein Zweifel mehr. Der Popanz dort drüben dreht langsam den Kopf! Er wendet dir sein Gesicht zu! Die Augen öffnen sich über dem schwarzen Loch des Mundes und glotzen dich direkt an. Du erschrickst, fühlst dich aufs grausamste ertappt und verbirgst dich, indem du schnell zur Seite trittst. Schon fragst du dich, ob du soeben wirklich frontal in dieses Gesicht geblickt hast. Als du vorsichtig wieder aus dem Fenster siehst, steht der Zug noch immer da, doch der ungeheure Fahrgast ist fort. Wo ist er geblieben? Ohne Erfolg suchst du alle Waggonfenster ab. Kraftlos läßt du das Fernglas sinken und starrst hinaus. Da! Was ist das? Natürlich nichts. Jetzt hast du dir schon eingebildet, eine Gestalt draußen im Dunkeln gesehen zu haben! Der leere Zug steht nach wie vor an derselben Stelle.

Jeden Abend kommst du mit der S-Bahn an einem Haus vorbei, das seit einer Woche deine Aufmerksamkeit erregt. In einem der dunklen Fenster steht jetzt immer eine seltsame Skulptur, die lebensgroße, aber überhaupt nicht lebensechte Büste eines Menschen, schwach angestrahlt von einer Straßenlaterne. Das bißchen Licht reicht aus, um die erschreckende, ja abstoßende Beschaffenheit des Gebildes zu enthüllen. Jeden Abend fragst du dich aufs neue: Wer stellt sich so etwas ins Fenster? Ein Art-brut-Liebhaber vielleicht? Ein Spaßvogel? Du hast das Gefühl, das leichenblasse Ding sehe dich an. Und ausgerechnet jetzt, Aug in Aug mit dieser Scheußlichkeit, bleibt die Bahn stehen. Du schaust auf die Uhr, es ist 23:30 Uhr.

SCHOCKTHERAPIE

Auf offener Straße werde ich plötzlich von hinten umarmt und so fest gedrückt, daß ich um mein Leben fürchte. Das einzige, was ich von dem stummen Angreifer sehen kann, sind die Hände, die Hände einer Frau. Ich ergreife sie bei den Gelenken und versuche, mich aus der Umklammerung der vor meiner Brust verschränkten Arme zu befreien. Zunächst gelingt es mir nicht. Erst als ich meine Skrupel niederringe und rohe Gewalt anwende, kann ich mich losreißen. Wie ich mich mit einem flüchtigen Blick überzeuge, habe ich es wirklich mit einer Frau zu tun. Details vermag ich in diesem Moment natürlich nicht wahrzunehmen, meinem vagen Eindruck nach dürfte sie um die Vierzig sein, eher groß als klein, ihre Kleidung ist dunkel, und sie hat rote Haare. Meine entschlossene Gegenwehr hat sie zu Boden gehen lassen, und das nutze ich, um schleunigst zu fliehen. Was sollte das? frage ich mich beim Laufen. War die Person verrückt? Ich kann mir den Vorfall einfach nicht erklären. Beängstigend! Sobald ich sicher bin, nicht verfolgt zu werden, kehre ich zu einem gemäßigten Schrittempo zurück. Bis zur Straßenbahn-Haltestelle sind es noch knapp fünfzig Meter. Außer mir sind keine Fußgänger unterwegs. Auf einmal platzen zwei Männer aus einer Haustür heraus und greifen mich direkt an. Auch sie umfassen wortlos meinen Oberkörper, einer von vorn, einer von hinten, und bemühen sich, ihn zu zerdrücken. Mit den beiden habe ich es schwerer als mit der Frau, doch schließlich schaffe ich es, ihnen zu entkommen. Soeben erreicht die Straßenbahn die Haltestelle, die Türen öffnen sich, Passagiere steigen aus. Mit einem Sprung gelange ich ins Innere, und in derselben Sekunde schließen sich die Türen vor meinen Verfolgern. Die Fahrgäste nehmen keine Notiz von alledem. Schwer atmend und mich fragend, was zum Teufel das bedeuten soll, was mir da gleich zweimal hintereinander zugestoßen ist, setze ich mich auf einen freien Platz. Hier, unter all den Leuten, fühle ich mich sicher und das zu Recht: Die Fahrt verläuft absolut friedlich. An der Endstation steige ich gemeinsam mit den anderen aus. Seit ich zuletzt hier gewesen bin, hat sich offenbar einiges verändert. Im Gegensatz zu früher gibt es neuerdings eine Sperre, durch die die Fahrgäste hindurch müssen. Links davon steht ein uniformierter Kontrolleur, ohne sich aber für die Fahrausweise zu interessieren. Ich frage mich nach dem Sinn dieser Neuerung, die ich als Verschlechterung empfinde, da werde ich von dem Kontrolleur angehalten. Ausgerechnet meinen Fahrschein will er sehen! Erst in diesem Augenblick fällt mir ein, daß ich keinen habe. Unter dem Eindruck der beiden Übergriffe und meiner dramatischen Flucht war ich nicht fähig, daran zu denken. Bevor ich zu einem Erklärungsversuch ansetzen kann, fühle ich mich schon mit eisernem Griff gepackt und blitzschnell in eine rätselhaft anmutende Vorrichtung gezwängt. Auf meinen Protest achtet niemand. Der Kontrolleur betätigt einen Hebel, woraufhin mir besagte Vorrichtung nach Art eines Schraubstocks den Brustkorb zusammenpreßt, daß mir die Sinne vergehen.

Ich erwache im Dunkeln. Ich fühle mich erleichtert. Den ganzen Blödsinn habe ich nur geträumt. Welch ein Glück!

Aber mein Bett ist das doch nicht. Wo bin ich?

Als ich mich aufrichten will, spüre ich einen atemberaubenden Schmerz in der Brust und falle zurück. Was ist los mit mir? Meine Desorientiertheit ängstigt mich. Eine Tür wird geöffnet, jemand kommt mit eiligen Schritten herein, Licht geht an, und ein karges Zimmer wird sichtbar.

»Aufstehen!« ruft eine unsympathische Stimme. »Sie können gehen!«

Ich hebe den Kopf. Vor mir steht eine kleine, dünne Asiatin unbestimmbaren Alters. An ihrer Erscheinung ist nichts Erfreuliches. Sie betrachtet mich unverhohlen als eine Art Ungeziefer.

»Wo bin ich?« frage ich zögerlich.

»Im Aufwachraum für Schwarzfahrer«, antwortet die unsympathische Stimme.

»Was?« rufe ich. Ich traue meinen Ohren nicht.

»Sie haben mich sehr gut verstanden«, sagt die Asiatin herzlos, »Sie haben die Beförderung durch öffentliche Transportmittel erschlichen und sind nach geltendem Gesetz bestraft worden. Jetzt können Sie gehen. Ich bin jedoch gehalten, Sie darauf hinzuweisen, daß Sie beim nächsten Mal nicht so einfach davonkommen. Die Transportgesellschaft ist ermächtigt, Wiederholungstäter sehr streng zur Rechenschaft zu ziehen und gegebenenfalls zu exekutieren.«

Wieder glaube ich, nicht richtig zu hören. Ich führe es auf meine anhaltende Benommenheit zurück. Übernächtigt und zerschlagen fühle ich mich.

»Nun stehen Sie endlich auf!« keift die widerliche Person.

Mühsam richte ich mich auf, wieder durchfährt mich wilder Brustschmerz. Ich würde aufschreien, wenn mir nicht die Luft wegbliebe.

»Worauf warten Sie noch? Soll ich Ihnen eine Sänfte bestellen?« drängt die kleine, giftige Asiatin weiter.

Ich muß mich vorsichtig bewegen und ganz flach atmen, dann geht es einigermaßen. Als ich endlich aufrecht stehe, ist mir schwindlig. Mein Brustkorb fühlt sich zusammengeschnürt an, ganz so, als wäre er wirklich in jenen geträumten Apparat gezwängt gewesen. Da wird mir klar: Ich träume noch immer! Es ist mir schon früher geschehen, daß ich im Traum ganz deutlich wußte: Das träume ich jetzt. Dementsprechend ist es mir auch des öfteren gelungen, willkürlich zu erwachen. »Sofort aufwachen!« befehle ich mir selbst, doch nichts dergleichen geschieht. Um nicht aus dem Zimmer geprügelt zu werden, muß ich mich in Bewegung setzen. Es fällt mir schwer.

Endlich im Freien angekommen, geht es mir besser.

Ein Scheißtraum ist das, denke ich. Die Gewißheit, alles nur zu träumen, verläßt mich nicht mehr. Wenn mich nur nicht gleich wieder irgendwelche Irren anfallen!

Schon fürchte ich, sie mit solchen Gedanken zu erschaffen … Wenn das aber möglich wäre, müßte ich genau so gut in der Lage sein, das Geschehen auf eine mir günstige Weise zu beeinflussen. Da mache ich eine schreckliche Entdeckung. In meinem halbwachen Zustand ist mir bisher entgangen, daß ich statt meiner Straßenkleidung einen gestreiften Pyjama und Pantoffeln trage. Die verdammte Aufseherin hat mich so hinausgejagt! Aber wann habe ich mich denn umgezogen? Ich kann mich nicht erinnern. Man muß mich wohl, während ich ohne Bewußtsein war, entkleidet und in den Pyjama gesteckt haben. Meine Kleidung, meine Personalien, mein Geld! In heller Aufregung laufe ich zu dem Gebäude zurück, um mein Eigentum zu fordern. Doch die Tür, durch die ich vorhin herausgekommen bin, ist verschlossen, und es gibt auch keine Klingel.

Ein Passant bleibt stehen und sagt: »Von dieser Seite können Sie da nicht wieder rein, Sie sind schon zu weit draußen.«

Ich erkläre ihm, wie wichtig es für mich ist.

Er überlegt und meint schließlich: »Sie müßten noch einmal schwarzfahren und vom Kontrolleur erwischt werden. Andererseits würden Sie Ihre Sachen dann aber nicht mehr brauchen, denn das wäre Ihr sicherer Tod.«

Vielleicht, fällt mir ein, kann ich das Verlorene ja per Willenskraft zurückbekommen? Wenn ich mir nur stark genug vorstelle, meine gewohnte Kleidung zu tragen? Ich versuche es, doch das Ergebnis ist nicht zufriedenstellend. Das Beste, was sich davon sagen läßt, ist, daß ich nun wenigstens nicht mehr im Schlafanzug herumlaufen muß. Mein Geld und meine Personalien sind nach wie vor weg.

»Mir reicht es!« rufe ich. »Ich will endlich aufwachen!«

Der Passant, der noch immer bei mir steht, rät: »Sie sollten zum Arzt gehen, zu Dr. Flambeau. Der ist Spezialist und kann Ihnen bestimmt helfen. Darf ich Sie zum Abschied umarmen?«

Mit einem Aufschrei laufe ich davon, den Schmerzen in der Brust zum Trotz. Sie werden immer heftiger, bis ich keine Luft mehr bekomme und abermals ohnmächtig werde.

Wieder erwache ich im Dunkeln. *O Gott,* denke ich, *ich träume doch nicht noch immer? Bin ich etwa wieder in dem Aufwachraum für Schwarzfahrer? Dann will ich diesmal aber daran denken, meine Sachen mitzunehmen.*

Die Tür geht auf. Herein kommt jedoch glücklicherweise nicht die asiatische Aufseherin, sondern ein gesetzter Herr in weißem Kittel, offensichtlich ein Mediziner. Er macht einen angestrengten, unwilligen Eindruck, als entledige er sich einer lästigen Pflicht, indem er sich um mich kümmert. Ist das dieser Dr. Flambeau? Wie bin ich in seine Praxis gekommen? Diese Fragen stelle ich ihm lieber nicht. Ohne etwas zu sagen, führt er verschiedene oberflächliche Untersuchungen durch, überprüft Pupillen, Puls und Herz.

»Sie leiden an einer Aufwachhemmung«, stellt er abschließend fest. Ich wundere mich, daß eine von mir geträumte Figur so etwas sagt. »Möglicherweise haben Sie bei einem früheren Aufwachen etwas falsch gemacht.«

Als ich ihn verständnislos anblicke, wird er ausführlicher: »Haben Sie oft Angstträume vorsätzlich beendet? Sie ahnen nicht, was dadurch alles durcheinander geraten kann! Jeder erwartet, daß diese Vorgänge immerzu vollautomatisch und reibungslos funktionieren. Bestimmt denken auch Sie, beim Aufwachen könne man nichts falsch machen, nicht wahr? Die Menschen stellen sich das alles so einfach vor! Wer macht sich beispielsweise schon Gedanken darüber, ob man etwa beim willentlich herbeigeführten Erwachen aus einem Alptraum sozusagen ›rückstandslos‹ aus der Gefahrenzone verschwindet oder ob man sein bemitleidenswertes Traum-Ich, immerhin ein mehr oder weniger autonomer Seelenbruchteil, von dem man sich in diesem Moment abspaltet, schmählich im Stich läßt? Sie könnten jetzt so ein Seelenbruchteil sein! Denken Sie einmal darüber nach! Wie auch immer, in Ihrem Fall gibt es nur eins: eine Schocktherapie, die Sie gewaltsam zum Erwachen bringt.«

Der Mediziner schickt mich in einen speziellen Behandlungsraum, wo ich auf den Schock warten soll. Was für einen Unsinn er mir da erzählt hat! Von der verordneten Therapie ist logischerweise auch nicht mehr zu halten. Was soll ich tun? Einfach weggehen? Wenn ich nur aufwachen könnte!

Da fliegt in der Zimmerdecke eine Luke auf, und ein nackter, kahler Kerl mit leichenhaft bläulicher, stellenweise aussatzbedeckter Haut springt zu mir herunter. Für einen kurzen Moment verharrt das Scheusal in hockender Haltung am Boden, dann richtet es sich erstaunlich geschmeidig auf. Geifernd und eine größere Glasscherbe schwingend, kommt es näher. Der Ausdruck seiner Visage ist so debil wie bösartig. Schon kann ich mein Spiegelbild in seinen Pupillen erkennen. Ich muß dringend aufwachen! Auf dem Gipfel meines Entsetzens, als mein Herz zu versagen droht, tue ich automatisch, was ich von Angstträumen her zu tun gewohnt bin: Ich schreie meinem in einer anderen Dimension schlafenden realen Ich zu, es solle sofort die Augen öffnen und erwachen. Es scheint mich nicht zu hören, denn der Traum geht unaufhaltsam weiter. Der Blauhäutige fällt mich an. Bevor ich etwas davon spüren kann, ist es vorbei. Die Bestie ist verschwunden, auch bin ich nicht mehr in der Arztpraxis. Und der Schmerz in der Brust hat aufgehört. Bin ich endlich erwacht? War der Schock stark genug, um die Hemmung zu lösen? Voller Hoffnung öffne ich die Augen und sehe mich um.

Nein, daheim in meinem Bett bin ich nicht, stelle ich sofort enttäuscht fest. Ich habe den Eindruck, *ganz woanders* zu sein, und das durchaus im Sinne von *nirgendwo auf Erden*. Schwankende Lichtverhältnisse herrschen hier, ein Flackern und Flimmern, aber auch eine Art Nebel. Eigentlich möchte ich das, was in diesem Raum für Helligkeit sorgt, nicht als Licht bezeichnen. Was aber ist es dann? Ich weiß es nicht. Mir fällt weiterhin auf, daß es außer braun-grünlichem Grau und tiefem Schwarz keine Farben gibt. Ob es nun an diesen optischen Verhältnissen liegt oder an der Natur der Gegenstände, die ich hier sehe – deren Form und Festigkeit lassen sich jedenfalls nicht richtig einschätzen. In einem großen, fleckigen Wandspiegel finde ich auch mein eigenes Aussehen so verfremdet, daß ich nicht länger hinsehen möchte, da ich befürchte, zuletzt so etwas wie das blauhäutige Monstrum zu entdecken. Dabei fällt mir noch etwas auf. Mein Hemd hat sich geöffnet, und es kommt undeutlich etwas zum Vorschein, wovon ich nicht sagen könnte, was es ist. Ich senke den Blick direkt auf meine Brust, um aus der Nähe mehr erkennen zu können. Es sieht aus, als hinge da ein Bilderrahmen, aber ich spüre nichts. Mit der Hand greife ich automatisch danach, denn das Gehirn braucht Informationen. Die, die es dann bekommt, lehnt es vehement ab, doch es hilft nichts: In meinen Brustkorb ist, von einer schwarz lackierten Holzleiste eingerahmt, eine zehn oder zwölf Zentimeter breite, anscheinend quadratische Glasscheibe eingelassen. Dahinter glaube ich einen nicht sehr tiefen Hohlraum zu erkennen, in dem einige Gegenstände untergebracht sind. Unter ihnen kann ich einzig eine Photographie als solche erkennen, wobei mir verborgen bleibt, was auf ihr abgebildet ist.

Ich träume also weiterhin. Es ist zum Verzweifeln!

»Kann man im Traum den Verstand verlieren?« frage ich mich laut.

»Nicht nur das«, erwidert eine weibliche Stimme hinter mir. Schnell schließe ich das Hemd über der Scheibe und drehe mich um. Eine Frau steht da, jung, schlank, schön, wie ich finde. Obwohl ich ihr nie zuvor begegnet bin, erscheint sie mir zutiefst vertraut. Ich bin überzeugt, daß diese Frau nicht versuchen wird, mich zu erdrücken.

»Im Traum kann man auch sein Leben verlieren«, fährt sie fort. »Du Ärmster! In dieser Nacht bist du schon zweimal gestorben. Zuerst starb dein Körper, während du träumtest. Er hatte einen schweren Herzinfarkt. Du konntest nicht mehr aufwachen, nicht mehr zurück. Dann hat die Schocktherapie des Dr. Flambeau dein Traum-Ich getötet. Aber du kannst nicht ausgelöscht werden. Nun bist du hier. Für immer.«

Für immer? Und wo? In einem Traum-Jenseits? Ich richte meinen Blick intensiver auf die Sprecherin, kann mich aber, wie ich verblüfft bemerke, noch während ich dies tue, nicht erinnern, wie sie genau aussieht. Vielleicht, weil ich überwältigt bin von ihrer noch verblüffenderen, durch nichts begründeten, nichtsdestoweniger unbedingten Zuneigung zu mir, die sie sturzbachartig bekundet. Daß ich ihr Liebster, ihr Bester sei, wiederholt sie unablässig.

Ich geniere mich wegen der Glasscheibe in meiner Brust. Jetzt kann ich sie noch verbergen, aber was wird sein, wenn es zu Intimitäten kommt? Andererseits, die so liebevolle weibliche Person ist auch nicht ganz makellos. Als sie sich zu mir herabbeugt, um mich zu küssen, sehe ich, wie Flüssigkeit zäh von ihrem Kinn tropft.

SCHULFEST

Der letzte Zug war abgefahren, nun waren wirklich alle fort, auch die Frau, die jahrelang für Immner gesorgt hatte. Bis zuletzt hatte sie ihn ermahnt, sich ebenfalls um eine neue Bleibe zu kümmern, doch er hatte es jedesmal hinausgeschoben, weil er nicht bereit gewesen war zu akzeptieren, daß der ihm ein Leben lang vertraute Teil der Welt unwiderruflich zerfiel und sich in Nichts auflöste. Inzwischen bereute er sein Zögern, denn es bedeutete das sichere Ende; früher oder später mußte der Auflösungsprozeß seiner Umgebung auf ihn selbst übergehen. Die Wohnung, in der er gemeinsam mit der Frau gelebt hatte, war jetzt fast von allem Hausrat entblößt. Von den geborstenen Decken fielen große Putzstücke, tiefe, breite Risse durchzogen auch die Wände. Stellenweise war das Parkett eingebrochen, von Türen wie Fensterrahmen blätterte die Farbe ab, und die meisten Scheiben waren zersprungen. Immner hatte den Rest seiner Habe in einem kleinen Zimmer neben der Küche versammelt, wo er auf dem Boden schlief. Täglich wurde mehr von seinem kläglichen Besitz unbrauchbar.

Seit die Frau zu ihrem neuen Ziel aufgebrochen war, ging Immner jeden Morgen zum menschenleeren Bahnhof. Bis er sich nach Einbruch der Dunkelheit wieder zu seiner maroden Behausung zurückschleppte, pflegte er auf dem Bahnsteig herumzusitzen, wo sie Abschied genommen hatten, und gab sich Selbstvorwürfen und sentimentalen Erinnerungen an das Leben mit der Frau hin. Leer waren die zahllosen Geleise, die sein in Tränen verschwimmendes Gesichtsfeld bis zum Horizont ausfüllten. Er konnte sich nicht einmal mehr vor einen Zug werfen.

Eines Morgens machte er beim Betreten des Bahnhofsgebäudes, das deutliche Anzeichen fortschreitender Baufälligkeit aufwies, eine unglaubliche Entdeckung: Ein kleiner Junge stand mitten in der Halle und vollführte seltsame Bewegungen mit Armen und Oberkörper. Das war einerseits enttäuschend, weil Immner von kleinen Jungen nicht begeistert war und lieber einem Erwachsenen begegnet wäre, andererseits aber hochwillkommen, denn der Kleine konnte ja kaum allein hier sein, so daß gewiß Erwachsene in der Nähe waren, und das mochte bedeuten, daß doch noch ein Zug fuhr! Ein Gefühl der Hoffnung, wie er es in seinem Leben nicht mehr erwartet hatte, flammte mächtig in ihm auf. Vielleicht gab es tatsächlich noch Spätestaussiedler, die irgendwo gesteckt hatten und denen es irgendwie gelungen war, eine allerallerletzte Fahrgelegenheit zu organisieren.

Was tat der Junge da eigentlich? Das langsame Wiegen und Biegen seines gesamten Oberleibs, das nicht ungeschmeidige Auf und Ab und Vor und Zurück seiner Gliedmaßen sowie sein hochkonzentrierter Gesichtsausdruck hatten etwas von einer Beschwörung. Es sah geradezu aus, als wolle er ein unsichtbares Kraftfeld beeinflussen. Immner sprach ihn an:

»Wer bist du denn?«

Augenblicklich hielt der Junge inne. Seine großen, dunklen Augen verrieten kaum Überraschung, geschweige denn Erschrecken.

»Ich heiße jetzt Tristan. Früher hieß ich Dünnwald.«

»Und was tust du hier?«

»Ich muß gleich zur Arbeit.«

»Zur Arbeit?«

»Ja.«

»Wo arbeitest du denn?«

»In einem Geisterzug.«

Der Junge hob einen Arm und deutete nachlässig in Richtung der Gleise. Was er da sagte, war Blödsinn, aber möglicherweise ein Hinweis darauf, daß tatsächlich noch ein Zug verkehrte. Daher fragte Immner: »Wo ist denn der Zug?«

»Auf dem Abstellgleis natürlich.«

Das klang alles nicht sehr vertrauenerweckend. Trotzdem gab Immner die Hoffnung nicht auf.

»Würdest du mir den Zug wohl zeigen?« fragte er.

»Klar.«

Und schon lief der Knirps davon. Immner mußte sich beeilen, um ihn nicht aus den Augen zu verlieren. »Nun warte doch auf mich!« rief er, ohne jedoch etwas damit zu erreichen. Der kleine Kerl verließ das Empfangsgebäude in Richtung des Betriebsgeländes, wo der Lokschuppen und die Wartungshallen standen. Immner verfolgte ihn in dem Gefühl, zum Narren gehalten zu werden. Eventuell war dieses Kind verrückt und absichtlich von seinen Angehörigen zurückgelassen worden?

Jetzt lief es auf eine Reihe alter Schnellzugwagen zu, wie sie seit vielen Jahren nicht mehr im Einsatz waren. Sie standen vor einem niedrigen Gebäude mit einer Rampe von Bahnsteighöhe. Über ein paar Stufen huschte der verdächtige Junge zur Rampe hinauf und verschwand hinter den Waggons.

»Warte gefälligst!« rief Immner ungehalten. Stolpernd und keuchend kam auch er oben an. Das Wesen, das sich Tristan nannte, blieb soeben bei einer offenen Tür am zweiten Wagen stehen, winkte seinem Verfolger wie zum Abschied zu und stieg ein. Die Tür blieb offen.

Als Immner sie erreichte, ging ein lautstarker Ruck durch die Wagenreihe – hier war ein Zug im Begriff abzufahren! Ohne nachzudenken, sprang Immner hinein, hinter ihm fiel die Tür zu. Und im nächsten Moment fuhr der Zug wirklich! Das Tempo steigerte sich rasch, auf der gegenüberliegenden

Seite sah Immner den Bahnhof vorüberziehen. Überwältigt begriff er: Er war gerettet! Durch ein Wunder, einen unbegreiflichen Gnadenakt, wurde er der tödlichen Auflösung enthoben! Das Leben war ihm wiedergegeben und damit eine Zukunft!

Ein Glücksgefühl, wie es nur in solchen Momenten entstehen kann, erfüllte ihn. Für seinen kindlichen Retter empfand er tiefe Dankbarkeit, die ihn seine frühere Einstellung zu dem Kleinen bedauern ließ. Es verlangte ihn außerdem, in Erfahrung zu bringen, wer außer Tristan sonst noch an Bord des Zuges war und wohin die Reise ging. Nach all den Tagen hoffnungslosester Einsamkeit sehnte er sich nach menschlicher Gesellschaft.

Voller Erwartung betrat er den Gang, an dem die Abteile lagen. Das erste war leer, das zweite und dritte ebenfalls, und so sah es im ganzen Wagen aus. Der nächste bot das gleiche Bild. Immner lief weiter. Nur an verlassenen Abteilen kam er vorbei. So erreichte er schließlich das Ende des Zuges, ohne eine Menschenseele getroffen zu haben. Sein Glücksgefühl war inzwischen entschieden gedämpft. Aber irgendwo mußte doch wenigstens der Junge sein! Oder war er sofort auf der anderen Seite wieder ausgestiegen, nachdem er seinen Verfolger hier hereingelockt hatte? Was für ein Zug war das, in dem Immner nun womöglich als einziger Fahrgast einem unbekannten Ziel entgegenfuhr?

Aber noch war er ja nicht überall gewesen. Es gab einen Wagen, den er bislang nicht inspiziert hatte, den ersten in der Reihe. Also machte er kehrt und eilte in entgegengesetzter Richtung zurück.

Er war noch nicht sehr weit gekommen, als er ein Abteil passierte, in dem zu seiner Überraschung jetzt jemand am Fenster saß, ein Mann, der vorhin ganz bestimmt nicht da gesessen hatte. Es war ein älterer Herr in schwarzem Anzug, etwa Ende Sechzig, hager, mit einem knochigen Gesicht und glatt zurückgekämmtem grauen Haar. Momentan war er vertieft in das Studium von Blättern, die wie Akten aussahen. Immner blieb stehen und öffnete die Schiebetür so weit, daß er den Kopf ins Abteil stecken konnte.

»Entschuldigen Sie bitte«, sprach er den älteren Herrn an, der daraufhin von seiner Lektüre aufblickte, »ich bin vorhin zufällig auf diesen Zug hier aufmerksam geworden, durch ein Kind.«

»Tristan.«

»Ja, so nannte er sich. Ich war in dem Glauben, der letzte Zug sei längst abgefahren.«

»Es gibt immer noch einen nach dem letzten«, erwiderte der Mann, »aber nur einen.«

»Und wohin fährt dieser?«

Die Antwort fiel, bedingt durch die Fahrtgeräusche, etwas undeutlich aus. Immner glaubte, »Nach Uhland« zu verstehen und fragte daher: »Wohin bitte?« Der ältere Herr wiederholte seine Auskunft, und diesmal klang es mehr wie »Nach Wieland«. Eins schien so unsinnig wie das andere, und Immner verzichtete auf einen weiteren Versuch.

»Kommen Sie herein«, lud der ältere Herr ihn ein, »nehmen Sie Platz. Sonst kann man sich doch nicht vernünftig unterhalten.«

Immner nahm das Angebot dankend an. Nachdem er sich seinem neuen Reisegefährten gegenüber gesetzt hatte, sagte dieser: »Wir sollten uns miteinander bekanntmachen. Von Osk, mein Name.«

»Angenehm, Immner.«

»Haben Sie bestimmte Pläne für eine neue Existenz, Herr Immner?«

»Nein. Ich hatte ja gar nicht damit gerechnet …«

»Was haben Sie denn vordem getan?«

»Ich bin bildender Künstler, Zeichner genaugenommen. Meine Haupteinnahmequelle waren Buchillustrationen. Allerdings lief es nicht gut in letzter Zeit, und ich fürchte, künftig werde ich es damit nicht leichter haben.«

»Könnten Sie sich vorstellen zu unterrichten?« fragte von Osk ohne Umschweife.

Ungläubig wiederholte Immner: »Unterrichten?«

»Als Kunsterzieher natürlich. Das private Institut, dessen Leiter ich bin, sucht einen festangestellten Kunstpädagogen zum sofortigen Eintritt.«

»Über so etwas habe ich nie nachgedacht. Unterrichten … o je … Kinder, meinen Sie?«

»Kinder und Jugendliche, um genau zu sein.«

»Kinder *und* Jugendliche … Aber ich habe darin absolut keine Erfahrungen. Braucht man da nicht ein Studium?«

»Berufserfahrungen in diesem Bereich sind willkommen, werden aber nicht vorausgesetzt. Auch muß ein etwaiger Bewerber kein Lehramtsstudium absolviert haben. Unerläßlich sind lediglich Zeichentalent, Ausdauer und Geschick im Umgang mit den Schülern.«

»Wieviele Schüler wären das?«

»Vier oder fünf.«

»So wenige?«

»Ja. Wie gesagt, wir sind eine private Einrichtung.«

»Und worin genau bestünde meine Tätigkeit?«

»In der Vermittlung zeichnerischer Grundlagen, Technik und so weiter. Allerdings sollten Sie Ihre Schüler nicht einfach etwas abzeichnen lassen, um sie zu beschäftigen. Sie müßten sie individuell und ihren jeweiligen Fähigkeiten entsprechend betreuen, ihre natürlichen Anlagen fördern und veredeln etc.

Dabei kann es von Schüler zu Schüler erhebliche Unterschiede in den Schwierigkeitsgraden geben. Darüber müssen Sie sich im klaren sein.«

Eigentlich hatte Immner noch nie gern mit Kindern zu tun gehabt, aber im Umgang mit ihnen war es immer vorteilhaft gewesen, daß er in der Lage war, für sie beziehungsweise mit ihnen zu zeichnen. Vielleicht würde sich das künftig beruflich nutzen lassen? Irgendetwas mußte er in der neuen Umgebung schließlich arbeiten, um seinen Lebensunterhalt zu verdienen. Und wenn ihm diese Anstellung sozusagen in den Schoß fiel, war es gewiß klug, zuzugreifen.

»Ich kann Ihnen nur leider keine Arbeitsproben zeigen«, gab er zu bedenken und entschuldigte sich mit dem Umstand, daß er ohne jedes Gepäck aufgebrochen war. Das neue Leben würde er mit nichts weiter beginnen als dem, was er am Leibe trug.

»Das macht nichts«, sagte von Osk. » Sie können gleich mit mir kommen und Ihre Stellung antreten.«

Daraufhin wandte er sich wieder der Lektüre seiner Akten zu. Immner war wie benommen von der Aussicht, so ohne weiteres Zeichenlehrer zu werden. In Gedanken versunken, sah er aus dem Fenster, ohne etwas wahrzunehmen. Bald wurde er so schläfrig, daß er einnickte. Er hatte keine Ahnung, wie lange er geschlafen hatte, als er plötzlich erwachte. Von Osk stand bei der Abteiltür. »Wir sind da«, hörte Immner ihn sagen und sah zum Fenster hinaus. Der Zug wurde langsamer, fuhr in einen kleinen Bahnhof ein und blieb stehen. Immner beeilte sich, von Osk nach draußen zu folgen. Es war nirgendwo ein Ortsschild zu sehen, so daß er nach wie vor nicht wußte, wo er war.

»Es ist nicht weit bis zur Schule«, sagte von Osk, »wir können zu Fuß gehen.«

Sie durchquerten ein kleines, friedliches Städtchen, das Immner geradezu idyllisch fand. Einen knappen Kilometer vom Ort entfernt, inmitten einer wahrhaft lieblichen Landschaft, erreichten sie dann ihr Ziel. Zu Immners Entzücken war das Institut in einem veritablen, wenn auch sichtbar vernachlässigten, Schlößchen untergebracht. *Hier müßte es doch auszuhalten sein,* dachte er. Von Osk zeigte ihm schnell die sämtlich im Erdgeschoß gelegenen Unterrichtsräumlichkeiten, zwei Ateliers, einen Lehrmittel- und einen Aufenthaltsraum. Alles wirkte ausgesprochen einfach, manches ein wenig provisorisch und renovierungsbedürftig. Offensichtlich verfügte die Schule nur über bescheidene Mittel. Schülerarbeiten waren keine zu sehen. Ebenso wenig gab es irgendwelche Anzeichen für die Anwesenheit der Schüler selbst. Auch auf die Gegenwart von Lehrkräften wies momentan nichts hin.

Das Büro des Schulleiters befand sich in der ersten Etage, wohin eine ausgetretene, gewundene Steintreppe mit eisernem Handlauf führte. Die Klinke an der abgewetzten alten Tür war so hoch angebracht, daß Kinder sie kaum erreichen konnten. Es war nicht abgeschlossen. Drinnen legte von Osk die Blätter, die er im Zug studiert hatte, auf seinen Schreibtisch. Dem Besucher fiel auf, wie über alle Maßen schlicht, ja geradezu ärmlich die Einrichtung des Büros war.

Nachdem von Osk dem neuen Lehrer einen Stuhl angeboten und sich selbst hinter seinen alten Schreibtisch gesetzt hatte, sagte er: »So, nun haben Sie einen Eindruck von unserem Institut bekommen. In diesem Büro arbeitet außer mir noch Fräulein Brendel, meine Sekretärin.« Er wies auf den zweiten, jetzt unbesetzten Schreibtisch in dem kargen Büro.

»Und das Kollegium?« fragte Immner, denn darüber war noch kein Wort verloren worden.

»Herrn König, sozusagen meine rechte Hand, werden Sie später kennenlernen«, antwortete der Schulleiter.

»Und sonst, außer diesem Herrn König, gibt es hier kein Lehrpersonal?« wunderte sich Immner.

Von Osk sah ihn erstaunt an und sagte: »Nein, natürlich nicht, deshalb stellen wir Sie doch ein.«

Nun ja, dachte Immner, *für vier bis fünf Schüler mögen zwei Kunstpädagogen wohl reichen.* Der Schulleiter fuhr fort:

»Selbstverständlich steht Ihnen hier im Hause ein Zimmer zu. Dort finden Sie auch Wäsche und was Sie sonst noch brauchen.«

Damit erklärte Immner sich einverstanden.

»Kommen wir also zum Vertrag«, sagte von Osk. »Über Ihre Aufgaben haben wir ja im wesentlichen schon gesprochen, und ich bin sicher, daß Sie ihnen gewachsen sein werden. Hin und wieder hätten Sie Ihre Schüler auch schon einmal ganztägig zu betreuen. Das wäre doch sicher kein Problem für Sie, oder?«

Begeistert war Immner nicht von dieser Aussicht, aber daran sollte es nun auch nicht scheitern. Dann wurde vom Gehalt gesprochen, und Immner fand, daß der Betrag für eine ungelernte Kraft eigentlich ganz in Ordnung sei. »Dann darf ich Sie bitten, hier zu unterschreiben«, sagte der Schulleiter, indem er ihm den fertigen Anstellungsvertrag vorlegte. »Unsere Geldgeberin wird sich freuen, daß die Stelle ab sofort besetzt ist.«

Während Immner unterschrieb, wurde die Tür geöffnet, und mit lautem Absatzgeklapper kam jemand herein. Von Osk machte Immner mit Fräulein Brendel, seiner Sekretärin, bekannt. Dunkelhaarig und vollschlank war sie und nicht häßlich. Für ihre höchstens dreiundzwanzig Jahre wirkte sie seltsam damenhaft, geradezu wie die Karikatur einer Sekretärin aus den sechziger Jahren. Immner fragte sich, ob von Osk dies wohl angeordnet hatte, oder ob es ihre eigene Art war, diese Position zu bekleiden.

»Fräulein Brendel wird Ihnen Ihre Unterkunft zeigen«, bestimmte von Osk, nachdem die nötigen Formalitäten erledigt waren. »Nachher melden Sie sich wieder hier. Aber lassen Sie sich ruhig Zeit. Der Unterricht beginnt nie vor Einbruch der Dämmerung.«

Dann wandte er sich seiner Sekretärin zu, und in derselben Sekunde legte er ein vollkommen verwandeltes Gehabe an den Tag. Seine Züge nahmen ein verklärtes, ja einfältiges Aussehen an und seine Stimme wechselte zu einem süßlichen Flöten: »Komm, Kind, sei doch bitte so lieb und zeig Herrn Immner, wo er wohnen wird, ja?«

Mit einem schwer zu definierenden Lächeln nickte das »Kind« und bat Immner, mitzukommen.

»Bis gleich!« rief von Osk wohl mehr ihr als ihm nach, als sie sich ins Treppenhaus begaben. Die große alte Holztür fiel hinter ihnen ins Schloß. Fräulein Brendel führte die neue Lehrkraft wortlos in den zweiten Stock hinauf, wo sie eine von mehreren Türen aufschloß.

»Das hier wäre dann Ihr Wohnbereich«, sagt sie, indem sie Immner Einblick in das nicht sehr große und ziemlich abgewohnte Zimmer gewährte. Vor dem Hintergrund einer uralten, verblaßten Tapete standen darin ein Tisch, zwei Stühle, ein Bett, ein Schrank, eine Kommode und ein Bücherregal.

»Wohnt auf dieser Etage noch jemand vom Personal?« erkundigte sich Immner.

»Nein«, antwortete Fräulein Brendel, »hier oben sind nur noch die Zimmer von ein paar Studentinnen der Filmklasse.«

»Studentinnen der Filmklasse?« wunderte er sich, schließlich wußte er nur von vier bis fünf Kindern und Jugendlichen, denen zeichnerische Grundlagen vermittelt werden solllten.

»Ach, ich möchte da nichts Falsches sagen«, lautete Fräulein Brendels Antwort. »Solche Dinge besprechen Sie besser mit Herrn von Osk.« Damit war das Thema für sie erledigt. Sie durchquerte den Raum und zeigte ihm, daß noch eine Kammer dazugehörte, die als Bad eingerichtet war. Eine Kochgelegenheit gab es jedoch nicht. Nachdem Fräulein Brendel ihm die erforderlichen Schlüssel ausgehändigt hatte, stolzierte sie auf ihren hohen Absätzen hinaus.

Neugierig untersuchte Immner Schrank und Kommode, und ganz wie von Osk gesagt hatte, fand er darin Wäsche und alles, was er brauchte. Die Kleidungsstücke waren nicht neu, aber gut erhalten, und entsprachen durchaus seinem Geschmack. Sogar die Größe stimmte. Dann stellte er fest, daß unter den Büchern im Regal sogar einige waren, die ihn interessierten. Es sah geradezu so aus, als hätte man ihn erwartet.

Etwa eine Viertelstunde später machte Immner im Büro Bekanntschaft mit seinem Kollegen König. Er mochte vielleicht vierzig Jahre alt sein und sah aus wie ein Förster: langer Vollbart (jedoch Façon-Haarschnitt), grünes Hemd, lederne Kniebundhose, karierte Wollstrümpfe, robustes, braunes Schuhwerk. Es fiel sofort auf, daß er an einem nervösen Tic litt, infolgedessen er dauernd mit aufgerissenen Augen ruckartige Kopfbewegungen machte.

»Herr König wird Sie jetzt in den Lehrbetrieb einführen und mit den hiesigen Gegebenheiten vertraut machen«, sagte von Osk. »Wir sehen uns später. Viel Erfolg.«

Kollege König geleitete den Neuankömmling ins Parterre hinunter. »Zuerst gehen wir in die Küche«, kündigte er an.

Immner hoffte, bei der Gelegenheit eine Kleinigkeit essen zu können. Zuletzt hatte er am Morgen etwas zu sich genommen. Im Erdgeschoß begegnete ihnen niemand. Auffallend ruhig war es. Immner äußerte sein Befremden darüber, daß der Unterricht erst so spät beginnen sollte. Augenblicklich blieb König stehen und sah ihn eindringlich an. Sein Kopf zuckte einige Male zur Seite, als ob er Anlauf nähme, um seinen eigenen Rücken zu betrachten.

»Wie kommen Sie denn auf so etwas?« fragte er völlig überrascht, was wiederum Immner überraschte, der die Information, der Unterricht beginne »nie vor Einbruch der Dämmerung«, schließlich vom Schulleiter persönlich hatte, und diesen nun auch zitierte.

»Quatsch«, fuhr ihn König an, »da müssen sich verhört haben. Hier fängt der Unterricht wie überall natürlich morgens an, gleich nach dem Frühstück der Schüler. Das haben übrigens Sie zu machen, ab morgen.«

Frühstück für die Schüler machen? Davon war bisher keine Rede gewesen. Immner nickte aber nur und schwieg. König öffnete eine Tür und zeigte ruckartig mit dem Kinn in den Raum: »Hier ist die Küche.«

Was dort zum Vorschein kam, entsprach dem bisher Gesehenen. Die Geldgeberin, die von Osk erwähnt hatte, mußte sehr geizig sein. Andererseits war es natürlich auch denkbar, daß die Armseligkeit des Etablissements beabsichtigt war, um die Zöglinge nicht zu verzärteln. Danach fragen mochte Immner nicht, erst recht nicht, nachdem König ihn vorhin so angesehen hatte. Stattdessen fragte er sich selbst, wie er mit einem solchen Kollegen nur auskommen sollte.

»Hier ist das Brot«, fuhr dieser fort, indem er eine Klappe in dem alten Büffet aufriß, »und da im Kühlschrank der Aufstrich. Seien Sie nicht zu großzügig damit, es muß für die ganze Woche reichen.«

Zu seinem wachsenden Erstaunen erfuhr Immner dann, er

sei auch für das Abendbrot der Schüler zuständig. Von Osk hatte zwar erwähnt, er hätte die Schüler »hin und wieder ganztägig zu betreuen«, aber dazu konnte doch kaum das Zubereiten von Mahlzeiten gehören? Gab es denn kein Küchenpersonal?

König lachte häßlich: »Küchenpersonal? Wachen Sie auf, junger Mann! Das habe ich jahrelang alles allein gemacht. Höchste Zeit, daß mich jemand ablöst!«

Diese Eröffnung wirkte wie ein Stoß in die Magengegend. Noch voller Hoffnung an der Formulierung »hin und wieder« klebend, fragte Immner: »Und wie oft müßte ich das tun? Ich meine, an welchen Tagen? Und wie lange?«

Wieder der überraschte, bohrende Blick. König schien ihn für komplett irre zu halten. »Was heißt, wie oft und wie lange?« rief er endlich. »Es ist selbstverständlich Bestandteil Ihres täglichen Dienstes.«

Sarkastisch bemerkte Immner: »Na, wenn es weiter nichts ist!«

»O doch«, erwiderte König unter heftigem Kopfzucken. »Jede zweite Woche haben Sie Vierundzwanzigstundendienst, dann dürfen Sie die Schule eine Woche lang nicht verlassen. Bis zu diesem Wochenende mach ich das noch, weil Sie neu hier sind, aber dann sind Sie an der Reihe.«

Eine Woche lang rund um die Uhr Dienst? Da war ihm aber einiges verschwiegen worden, wie Immner empört fand. Man hatte ihn hereingelegt! Augenblicklich ließ er König stehen und stürmte ins Büro hinauf.

»Herr König hat vollkommen recht«, entschied von Osk, nachdem er seinen Protest angehört hatte. »Diese Dinge gehören zu Ihren Pflichten!«

»Aber davon ist vorher nie die Rede gewesen!«

»Da Sie nicht danach gefragt haben, mußte ich annehmen,

daß es Ihnen bekannt war. So ist der Dienst an Instituten wie unserem nun einmal beschaffen. Sie haben den Vertrag ja auch ohne Einwände zu erheben unterschrieben. Wenn Ihnen nun etwas nicht paßt, dürfen Sie nur sich selbst die Schuld geben. Freilich können Sie von Ihrem Recht Gebrauch machen, während der Probezeit fristlos zu kündigen.«

Am liebsten hätte Immner genau dies getan, wäre seine Lage nur nicht so miserabel gewesen. Die Grenze dessen, was er aus diesem Grund hinzunehmen bereit war, schien noch nicht erreicht, denn wenig später fand er sich wieder im Erdgeschoß ein, um weitere Instruktionen von König zu empfangen. In der Küche traf er ihn nicht mehr an, deshalb suchte er die anderen Räume ab. Er begann mit den Unterrichtszimmern, durch die von Osk ihn bereits geführt hatte, fand sie aber leer.

Im Aufenthaltsraum wurde er der ersten Schüler ansichtig, eines Mädchens und eines Jungen zwischen sechs und zehn Jahren. Der Junge mochte Tristan sein, doch Immner war sich nicht sicher. In einer Ecke saßen sie und starrten ihn an, als hätte er sie bei etwas Verbotenem erwischt. Sofort fühlte er sich ihnen gegenüber befangen und hatte deshalb auch nicht die geringste Neigung, sich als neuer Lehrer vorzustellen. Er fragte nur, ob sie wüßten, wo Herr König sei. »Draußen«, antwortete das Mädchen. Schnell zog Immner sich auf den Flur zurück.

Mit hochrotem Kopf eilte er zu der weit geöffneten Tür, durch die man zu dem rückwärtigen Teil des Grundstücks hinausgelangte. Vor ihm lag ein ummauerter Hinterhof. Allerlei Gerümpel und Mülltonnen standen herum wie bei einer Mietskaserne. Von rechts hörte er Stimmen und Klappern, konnte jedoch wegen eines an dieser Stelle vorspringenden Gebäudeteils noch nichts sehen. Als er um die Ecke bog, stieß er auf drei weitere Kinder, zwei Mädchen und einen Jungen.

Sie beachteten Immner kaum, schienen schweigend mit eigenen Dingen beschäftigt. Knapp und tonlos grüßte er in ihre Richtung, bemüht, rasch weiterzukommen. Obwohl er bei solcher Flüchtigkeit des Eindrucks gar nichts richtig erfassen konnte, glaubte er, im rechten Augenwinkel etwas wahrzunehmen, das ihn schockierte: Ihm war, als zöge der mit dem Rücken dicht an der Mauer stehende Junge unter den Blicken der Mädchen ein Stück Darm aus seinem Unterleib hervor. Einige Schritte weiter drehte sich Immner zweifelnd um, doch da waren die drei fort.

»Na, haben Sie es sich überlegt?« hörte er König fragen, der mit einemmal neben ihm stand. »Bleiben Sie?«

»Vorerst ja.«

»Es wäre schön, wenn Sie uns bei den Vorbereitungen zum Schulfest nicht im Stich ließen.«

»Ein Schulfest? Hier?«

Nach allem, was Immner bis jetzt von Schule, Schülern und Personal mitbekommen hatte, konnte er sich so etwas kaum vorstellen, wenigstens nicht als etwas Erstrebenswertes.

»Jawohl«, erwiderte König unter Zuckungen, »und da gibt es eine Menge für uns zu tun, zusätzlich zur regulären Arbeit. So ein Fest ist seit langem der Wunsch unserer Schulleitung, in diesem Jahr soll es endlich stattfinden. Die Gelder sind bewilligt, und Herr von Osk hat mit den Studentinnen der Filmklasse die Pläne ausgearbeitet.«

Nun erwähnte auch er diese Studentinnen! Immner tat jedoch, als ob er zum ersten Mal von ihnen hörte.

»Offiziell gibt es keine Filmklasse«, sagte König. »Wer wären dann aber die jungen Frauen, wenn nicht Filmstudentinnen?«

Immner verstand überhaupt nichts, aber jetzt war er wirklich neugierig auf diese geheimnisvollen Wesen. König konnte oder wollte ihm nichts verraten: »Fragen Sie Herrn von Osk, wenn Sie mehr erfahren wollen.«

Damit war das Thema erledigt. König schickte den neuen Kollegen in die Küche, um für das Abendbrot der Schüler zu sorgen. »Zwanzig Schnitten Brot und, wie gesagt, den Aufstrich nicht zu dick«, instruierte er ihn. Während Immner ins Haus zurückkehrte, ging König zu einem flachen Extragebäude am Ende des Hinterhofs. Zwanzig Schnitten! Also hatte auch die Anzahl der Schüler, die von Osk im Zug genannt hatte, nicht gestimmt. Vielleicht aßen aber außer den vier bis fünf Schülern noch die Filmstudentinnen mit? Früher oder später würde König in der Küche nach dem rechten sehen, dann konnte Immner ihn fragen, auch danach, wie es sich mit den Mahlzeiten für die Lehrkräfte verhielt. Er beschloß, auf jeden Fall zuerst einmal sich selbst etwas zu essen zu machen.

Immner nahm den Brotlaib aus dem Büffet und wollte zwei Scheiben abschneiden, konnte aber nirgendwo ein Brotmesser finden, geschweige denn eine Brotschneidemaschine. Eine intensive, gewissenhaft durchgeführte Suchaktion verlief erfolglos. Er hatte bestimmt schon zehn Minuten damit verbracht, als König hereinkam. Der sah das Brot daliegen, und weil weiter nichts auf die Zubereitung der Schülermahlzeit hindeutete, fragte er barsch: »Was ist los?« Immner sagte es ihm.

»Das Brotmesser jetzt auch?« rief König erschrocken aus. Hastig inspizierte er sämtliche Schubladen und Schrankfächer, in die Immner bereits geschaut hatte. Er warf den Kopf bis zum Anschlag nach links. Mit wildem Blick sprach er dann: »So war es schon mit einem kleinen Gemüsemesser. Nach seinem ersten Verschwinden habe ich es an einer vollkommen unmöglichen Stelle wiedergefunden. Zwei, drei Tage später war es wieder fort, nun schon seit Wochen. Ich habe, ehrlich gesagt, wenig Hoffnung, daß es je wieder auftaucht. Wenn das jetzt mit dem Brotmesser genau so geht …« Ihm war anzusehen, wie ratlos der Vorfall ihn machte. Immner erkundigte ich sich, womit er nun Brot schneiden sollte.

»Ich weiß es nicht«, antwortete König ernst, »ich weiß es wirklich nicht.« Dann ging er hinaus. Ein Ersatzmesser mußte her, und Immner hatte es zu beschaffen, sonst würde aus dem Abendbrot nichts werden. Notgedrungen begab er sich zum Schulleiter, um den Sachverhalt zu melden. Auf halber Treppe begegnete ihm König und fragte mißtrauisch: »Wo wollen Sie hin?« Immner zögerte nicht, es ihm zu verraten.

Was für den Neuling das Selbstverständlichste von der Welt war, löste bei dem mit den Verhältnissen langjährig Vertrauten heftigen Widerstand aus: »Um Gottes willen! Ich beschwöre Sie, lassen Sie von Osk aus dem Spiel! Regeln Sie das ohne sein Wissen!«

»Wie denn?«

»Gehen Sie in den Ort und kaufen Sie im Haushaltwarengeschäft ein Brotmesser. Aber beeilen Sie sich! Ich werde versuchen, die Schüler so lange wie möglich vom Abendbrot abzulenken. Nun machen Sie schon!«

»Und wer gibt mir das Geld?«

»Das ist jetzt ein Notfall. Strecken Sie's vor.«

Obwohl Immner den Sinn nicht erkannte, fügte er sich Königs seltsamer Anordnung.

Eine gute halbe Stunde war vergangen, als er mit einem fabrikneuen Brotmesser zurückkehrte, das, rechtlich gesehen, sein Eigentum war. In der Küche war weder von König noch den Schülern etwas zu sehen. Immner machte sich umgehend an die Arbeit.

Hungrig, wie er war, begann er mit zwei Schnitten für sich selbst. Leider zeigte sich, daß als Aufstrich nur Schweinegehacktes in Frage kam beziehungsweise etwas, das er dafür hielt. Sonst war im Kühlschrank nichts. Was für eine unverantwortlich einseitige Ernährung ließ man hier den Kindern angedeihen! Immner hatte, um Zeit zu sparen, im Ort nichts gegessen und war nun noch hungriger. Da er sich aber außerstande sah, von dem fetten, rot-weißen Zeug zu essen, mußte er mit trockenem Brot Vorlieb nehmen. Entsprechend unzufrieden und widerwillig wandte er sich dann der Erzeugung der verlangten zwanzig Schnitten zu. Und das sollte er nun jeden Abend tun?

Kaum hatte er angefangen, als die Tür aufging und von Osk hereinkam.

»Ah ja«, sagte dieser, »sehr gut, sehr gut.« Sein Blick fiel auf das Brotmesser. »Haben Sie das angeschafft?« fragte er erstaunt. »Auf eigene Faust, von ihrem Geld?«

Immner bejahte und fügte hinzu: »Herr König war der Ansicht …«

Von Osk unterbrach ihn: »Reden wir jetzt nicht von Herrn König. Warum sind Sie nicht einfach zu mir gekommen? Wollen Sie sich hier von Anfang an absondern und Ihre Ablehnung der Regeln unseres Instituts demonstrieren? Betrachten Sie uns denn als vollkommen Fremde?«

»Ich habe es allein deshalb getan, weil es mir von Herrn …«

»Das nächste Mal kommen Sie zu mir, hören Sie? Ich bin sehr wohl darüber im Bilde, daß in diesem Haus hin und wieder Dinge verschwinden, man braucht keine falsche Rücksicht auf meine Nerven zu nehmen. Manche dieser Dinge kehren übrigens nach einiger Zeit zurück, auch das ist mir bekannt. Schließlich bin ich der Schulleiter.«

Immner fand es es besser, jeden Selbstrechtfertigungsversuch zu unterlassen.

»Wieviel haben Sie ausgegeben?« wollte von Osk wissen. Immner gab ihm den Kassenzettel.

»Wenn Sie wüßten, welche Arbeit Sie uns damit machen«, sagte der Schulleiter, drehte sich um und verließ die Küche. Es erschien Immner unerläßlich, ein klärendes Gespräch mit dem Kollegen König zu führen. Während er die Schnitten mit der unappetitlichen Fleischmasse bestrich, zog er in Gedanken eine erste Bilanz der wenig erfreulichen Umstände, die ihm in der kurzen Zeit seit seiner Ankunft begegnet waren. Zweifellos gab es Grund genug, alles hinzuwerfen, aber was sollte dann aus ihm werden?

Wieder öffnete sich die Tür. Diesmal kam König herein, aufgeregt mit dem Kopf zuckend: »Sind Sie bald soweit? Ich kann die Bande nicht mehr lange hinhalten!« Voller Ungeduld blieb er neben Immner stehen, den Blick auf dessen Hände und das geheftet, was, nun beschleunigt, unter ihnen entstand. Wenigstens schien er keinen Anstoß an der Quantität des Aufstrichs zu nehmen. Sein Bedürfnis nach einer Aussprache mußte Immner unterdrücken, denn dies war jetzt keinesfalls der geeignete Moment. Er sah zu, daß er fertig wurde.

»Na endlich«, stieß König hervor, als es so weit war. Schnell nahm er die Servierplatte mit den schrecklichen Schnitten und lief aus der Küche.

Imner reinigte den Tisch von Brotkrümeln und stellte die restliche Fleischmasse in den Kühlschrank zurück. Mehr war vorerst nicht zu tun. Über eventuelle Abwaschpflichten hatte man ihn nicht in Kenntnis gesetzt. So weit er wußte, benutzten die Schüler auch keinerlei Geschirr oder Besteck. Er war froh, die Küche verlassen zu können.

In den Flur tretend, glaubte er, Schreie zu hören, aus einem der Räume im Parterre oder von draußen, genau wußte er sie nicht zu lokalisieren. Einige Sekunden lang blieb er stehen und lauschte, doch es folgte nur Stille, so daß er seinen Weg in Richtung Treppenhaus fortsetzte. Plötzlich bemerkte er wenige Schritte vor sich eine gedrungene kleine Gestalt, die eine Sekunde zuvor noch nicht dagewesen zu sein schien. Ein Knabe lungerte auf dem Flur herum, und zwar derselbe, von dem Immner glaubte, daß er ihn draußen in Gesellschaft zweier Mädchen irgend etwas Ungeheuerliches hatte tun sehen. Der Pädagogikanfänger überlegte, ob er seinen bedrohlichen Zögling einfach ignorieren sollte, doch schon erkundigte sich dieser in dreistem Ton: »Bist du der neue Lehrer?«

Immner wollte versuchen, die Chance zu nutzen, sich als Respektsperson zu etablieren.

»Ja«, antwortete er möglichst selbstsicher, »ich bin Herr Immner.«

Der gewünschte Effekt blieb aus, unvermindert impertinent fragte der Bursche: »Hast *du* das Abendbrot gemacht?«

»Ja«, sagte Immner verdutzt und bereute im selben Augenblick, sich so überrumpeln zu lassen, anstatt darauf zu bestehen, mit »Sie« angeredet zu werden. Wenigstens schickte er ein resolutes »Warum?« hinterher.

Darauf bekam er zu hören: »Das war Scheiße.«

»Wie bitte?«

»Auf dem Brot war kaum was drauf. Wenn du nochmal so was machst, sagen wir das dem Alten. Dann schmeißt er dich raus.«

Immner graute mehr denn je davor, diesen Rüpel unterrichten zu müssen. Am liebsten hätte er ihm eine gelangt, doch das ging natürlich nicht. Deshalb versuchte er, seine Autorität auf andere Weise zu untermauern: »Sowohl Herr von Osk als auch Herr König haben die Schnitten gesehen, und keiner hatte etwas daran auszusetzen.«

»Vielleicht hat dann der König den Aufstrich runtergefressen«, versetzte der Knabe. »Kein Wunder, sonst kriegt er hier ja nichts.«

»Was heißt das: Sonst kriegt er hier ja nichts?«

»Frag ihn selber.«

Auffallend viele solcher ausweichender Antworten hatte Immner schon erhalten. Nein, nicht König wollte er danach fragen, sondern von Osk. Also ließ er den ungehobelten Kerl links liegen und stieg ins Büro hinauf. Ein dreckiges Lachen wurde ihm nachgeschickt.

Hinter der Tür mit der so hoch angebrachten Klinke ratterte und klapperte es ganz erstaunlich. Immner hörte von Osks Stimme einen inbrünstigen, jedoch unverständlichen Fluch ausstoßen. In einer danach entstehenden Pause klopfte er an. Irrte er sich, oder rief er damit ein ziemlich unwirsches »Was ist?« hervor?

Beim Eintreten begriff er, daß er sich nicht getäuscht hatte. Die Stimmung im Büro war stark angespannt. Von Osk und Fräulein Brendel saßen vor einer antiquierten, schreibtischgroßen Maschine mit olivgrün lackiertem Metallgehäuse. Der Schulleiter hatte die Jacke ausgezogen und die Ärmel seines weißen Hemds hochgekrempelt. Er hantierte mit großen gelben Karteikarten, die wie bei einer Schreibmaschine eingespannt wurden. Die Geräusche, die Immner im Treppenhaus gehört hatte, entstanden, indem Fräulein Brendel auf einem klappernden Tastenfeld etwas eintippte, vermutlich Zahlen, wodurch der Mechanismus des Apparats in Gang gesetzt wurde. Von Osk drehte sich unwillig zu dem Eindringling um, sein Gesicht war hochrot, auf der Stirn standen Schweißtropfen. Seine Sekretärin machte dagegen einen sehr gefaßten Eindruck, entweder weil sie über allem stand oder von dem Ganzen nichts begriff.

Es schien Immner geraten, sich für die Störung, die er verursachte, zu entschuldigen.

»Jetzt nicht!« bellte von Osk. Dann widmete er sich wieder

der Buchungsarbeit. Fräulein Brendel tippte etwas, und die Maschine ratterte los.

Immner blieb nichts übrig, als sich mit unbehaglichem Gefühl zurückzuziehen. Die Frage, wo und wann er etwas zu essen bekam, blieb weiterhin ungeklärt. Immner mußte er sich eben selbst helfen.

Er beschloß, in den Ort zu gehen. Als er soeben das Gebäude verlassen wollte, wurde im Parterre eine Tür geöffnet. Jemand rief: »He, Immner, haben Sie eigentlich schon was gegessen?«

Es war König.

Verblüfft gestand Immner, was er soeben zu tun im Begriff war.

»Na, dann kommen Sie doch zu mir«, lud König ihn ein. Ausgerechnet an dessen Gesellschaft war Immner nun wahrlich nicht gelegen, aber die Aussicht, bei ihm etwas essen zu können, brachte ihn zum Einlenken. Was ihn wunderte, war Königs plötzliche Aufgeräumtheit. Ganz die Freundlichkeit selbst, stand er im Türrahmen.

»Treten Sie ein in meine bescheidene Wohnung«, sagte er.

Es fiel auf, daß sein Kopf überhaupt nicht zuckte. Immner folgte ihm ins Eßzimmer und traute seinen Augen nicht: Am Tisch saß emsig zeichnend der Rotzlümmel, der vor wenigen Minuten so unverschämt zu ihm gewesen war.

»So, Lumo, für heute reicht's«, sprach König ihn leutselig an, worauf der Kerl augenblicklich aufhörte zu zeichnen, den Block zuklappte, gewissenhaft seine Utensilien einpackte und aufstand. Dabei legte er ein ausgesprochen artiges Wesen an den Tag. König drückte ihm etwas in die Hand, das wie Geld aussah, und ließ ihn, der Immner nicht wahrzunehmen schien, mit den Worten: »Bis morgen«, hinaus.

»Lumo ist mein begabtester Schüler«, erläuterte König. »Ich

gebe ihm zusätzlich Privatunterricht. Sie können sich nicht vorstellen, was er zu Papier bringt. Dieser Junge ist ein Wunder!«

Immner zog es vor, zu schweigen.

»Bei mir gibt es gleich Abendessen«, sagte König. »Darf ich Sie dazu einladen?« Immner nahm dankend an. Dann wurde er nach nebenan in eine geräumige Küche geführt, wo vier wie Köchinnen gekleidete ältere Frauen arbeiteten.

Verblüfft fragte Immner: »Das ist doch nicht Ihre private Küche?«

»Doch, doch«, erwiderte König. »Man muß sich hier selbst verpflegen, die Schule hat keine Kantine.«

»Aber vier Köchinnen? Die könnten ja für zehn Lehrkräfte und vierzig Schüler sorgen.«

»Das täuscht. Und für die Schulspeisung sind Sie ja zuständig, mein Lieber. Heute hat es doch schon ganz gut geklappt. Gratuliere! Sie lernen schnell.«

An dieser Stelle hätte Immner erwähnen können, was jener unverschämte Bengel, Lumo, zum Thema Brotaufstrich geäußert hatte, unterließ es aber. Jetzt wollte er endlich essen. Sie kehrten ins Eßzimmer zurück und nahmen Platz an Königs Tisch, wo noch vor ein paar Augenblicken der zweifelhafte Privatschüler gezeichnet hatte. Dem hungrigen Gast erschien die Aussicht, gleich von vier Köchinnen das Essen serviert zu bekommen, äußerst sonderbar, doch zählte letztenendes einzig und allein, daß es ihm zu einer Mahlzeit verhalf. König schenkte Weißwein ein, sie stießen auf Immners Eintritt ins Institut und eine künftige gute Zusammenarbeit an. Immner kam aus dem Staunen nicht heraus. Unglaublich, wie verwandelt dieser Mann nach Feierabend war! Keine Spur des nervösen Tics, kein Anstarren, keine Schroffheit. Jeden Augenblick mußte das vermutlich opulente Mahl achthändig hereingetragen werden …

»Und auf das Gelingen unseres Schulfests wollen wir trinken«, fügte König hinzu, abermals das Glas hebend. »Schön, daß wir auf Sie zählen können. Es soll eine wirklich große Sache werden. Hat Herr von Osk schon mit Ihnen daraüber gesprochen?«

»Äh, nein … er hatte bisher nicht viel Zeit für mich.«

»Das ist nur allzu begreiflich. Wenn Sie wüßten, wie viele Fäden dieser Mann in den Händen hält, welches Gewicht auf seinen Schultern ruht! Und der Jüngste ist er ja auch nicht mehr, wenn diese Bemerkung erlaubt ist.«

König zündete sich eine Zigarre an, was Immner zu diesem Zeitpunkt unangebracht fand. Ihm knurrte der Magen, doch nichts geschah, aus der Küche war kein Laut zu vernehmen. Hatten sich die Köchinnen möglicherweise durch einen Hinterausgang davongemacht? Nun schien es auch König zu lange zu dauern.

»Gretchen!« brüllte er mit einemmal auf ganz rohe Weise, indem er den Kopf mühsam zur Küche hin drehte. »Wo bleibt die denn?« brummte er dann.

Dem glaubte Immner entnehmen zu können, daß nur eine der vier Damen fürs Servieren zuständig war. Der ungnädige Umgangston, in den König ihr gegenüber verfiel, störte ihn, doch blieb ihm nicht viel Zeit, sich mit solchen Empfindungen auseinanderzusetzen, denn es ereignete sich etwas, von dem er nie gedacht hätte, daß es sich ereignen könnte. Eine Erscheinung, ein Wesen oder was auch immer, kam flink ins Zimmer gelaufen und schoß unablässig zwischen Tisch, Anrichte und Tür hin und her, ohne irgendeinen Sinn dieses Tuns erkennen zu lassen. Höchstens einen halben Meter groß war das Phänomen und mit einem grauen Tuch verhüllt. Man hätte von einer vollständigen Verschleierung sprechen können, wenn dieser Begriff nicht hauptsächlich auf das Gesicht angewendet würde. Hier aber war jede Verschleierung oder Vermummung überflüssig, denn es gab gar keinen Kopf. Der höchstgelegene Punkt des Körpers war die Schulterpartie. Kurze, dünne Ärmchen waren vorwärts in den Raum gestreckt, am anderen Ende, unterhalb des Tuchsaums, bewegten sich kleine Füße, ob mit Schuhen oder ohne, vermochte Immner nicht zu unterscheiden. Das konnte doch wohl kaum die sein, deren Namen König so ungeduldig gebrüllt hatte. Was aber war es, das da mutwillig im Zimmer umhersauste?

Auf eine Erklärung hoffend, sah Immner seinen Gastgeber an. Dessen Gesicht war grau geworden und verriet eine enorme innere Anspannung. Nach Kräften schien er sich darauf zu konzentrieren, das ihm unliebsame Geschehen zu ignorieren, geradezu als ob er versuchte, mit seinem gewaltsamen Leugnen die Präsenz der Erscheinung auch aus Immners Bewußtsein zu tilgen. Schließlich ächzte er: »Ich glaube, das wird heute nichts mit dem Essen. Verhungern kann man in diesem Haus!«

Der letzte Satz erinnerte Immner an Lumos Äußerung, daß König hier nichts zu essen bekäme. Stahl König deshalb am Ende tatsächlich den Kindern den Brotaufstrich? Obwohl vier Köchinnen in seiner Küche wirkten? Es gab keinen Grund, länger am Schauplatz solcher Possen zu bleiben, daher erhob sich Immner von seinem Platz.

Er hatte den Eindruck, daß König nichts davon mitbekam. Der Blick des eben noch so entspannten Mannes war starr, sein Bart wirkte wie angeklebt. Er warf seinen Kopf mit einer spasmischen Heftigkeit hin und her, wie Immner sie noch nicht an ihm beobachtet hatte. Unterdessen zog das winzige, kopflose Ding weiter fliegenhaft seine Bahnen. Es war nicht auszuhalten.

Nach einem flüchtigen Blick in die jetzt wirklich menschenleere Küche sah Immner zu, daß er hinauskam. Seines Erachtens war er Zeuge eines technischen Mißgeschicks geworden. Vielleicht war König Erbauer oder zumindest Sammler von mechanischem Spielzeug! Ein Stück aus seiner Sammlung hatte sich selbständig gemacht, was eine erstaunlich starke Reaktion bei ihm ausgelöst hatte, die jedoch begreiflicher schien angesichts der nervlichen Belastung, der ein solcher Bastler oder Sammler im Allgemeinen und der überlastete König im Besonderen vermutlich ausgesetzt war. Denkbar weiterhin, daß alles in Zusammenhang mit dem geplanten Schulfest stand, vielleicht baute König heimlich künstliche Köchinnen oder sonstige Automaten, die erst dann als Überraschung in Erscheinung treten sollten. Es mußte ihm ja peinlich sein, wenn ein solches, noch dazu unvollständiges Exemplar in Gegenwart eines Zeugen ausbrach. Immner beschloß, kein Spielverderber zu sein. Niemand sollte von ihm etwas erfahren.

Inzwischen war es früher Abend, und er mußte endlich etwas Anständiges essen. Ohne zu zögern ging er zum zweiten Mal in den Ort, wo er in einer kleinen Pizzeria den mittlerweile quälenden Hunger los wurde. Er sah nicht ein, für die Behebung dieses vom Arbeitgeber verursachten Mißstands finanziell aufzukommen, weshalb er sich eine Verzehrquittung ausstellen ließ, um sie später von Osk vorzulegen.

Das neue Leben behagte ihm bis jetzt nicht besonders, wie gern wäre er jetzt in sein altes zurückgekehrt, in die Zeit vor der Auflösung. Eine Weile gab er sich sentimentalen Gedanken hin, verscheuchte sie zuletzt aber, da es nun einmal kein Zurück gab. Er mußte wieder zu dieser Schule, an der er schon am ersten Tag irre zu werden fürchtete. Nach einem ausgiebigen Verdauungsspaziergang wollte er gleich zu Bett gehen, wenn es auch noch früh war.

Unterwegs gelangte Immner dann jedoch zu der Ansicht, es

sei vielleicht besser, vorher noch ein Gespräch mit von Osk zu suchen. Im Hinblick auf den nächsten Tag fand er es sinnvoll, von sich aus die Punkte Dienstbeginn und Frühstück sowie allgemeine Unterrichtsfragen zu thematisieren, weil die Informationspolitik des Institus offenbar zu wünschen übrig ließ. Also klopfte er bei seiner Rückkunft an die Tür des Schulleiterbüros.

Niemand antwortete. Es dauerte einen Augenblick, bis geöffnet wurde. Fräulein Brendels Kopf erschien im Türspalt, und ihr war sofort anzusehen, daß die Atmosphäre im Raum sich um keinen Deut entspannt, sondern eher noch verschärft hatte. Der Buchungsautomat ratterte noch immer. An Fräulein Brendel vorbeispähend, erhaschte Immner einen vagen Blick auf von Osks weißen Hemdrücken und hochroten Kopf. Bevor er ein Wort herausbringen konnte, sagte das »Kind« gekränkt:

»Gehen Sie, gehen Sie! Herr von Osk kann heute nicht mehr mit Ihnen sprechen. Ich fürchte, er wird eine schlechte Nacht haben.« Dann, leiser, zischte sie ihn an: »Wo sind Sie überhaupt gewesen? Sie fangen Ihren Dienst ja schön an! Gleich am ersten Abend verlassen Sie unerlaubterweise das Haus.« Immners Widerspruch wurde im Keim erstickt: »Morgen werden Sie sich zu verantworten haben. Jetzt können Sie gehen, man wird Sie rechtzeitig wecken.« Die Tür schloß sich. Von Osk stieß drinnen wieder etwas aus, das wie ein Fluch klang.

Für den ersten Tag reichte es nun wirklich, Immner suchte sein Zimmer im zweiten Stock auf. Mit dem Wunsch, morgen möge alles besser werden, legte er sich ins Bett, das er vorher noch beziehen mußte.

Ein lautes Geräusch riß Immner aus dem Schlaf. Wie er allmählich erkannte, wurde an die Tür gepocht. Dazu rief eine

Frauenstimme seinen Namen und daß er aufstehen solle. Benommen sah er auf seine Uhr: Es war erst sechs! Das Randalieren jenseits der Tür ließ nicht nach, inzwischen erkannte er in der Stimme die von Fräulein Brendel. Sie hatte ja, wie ihm einfiel, am Vorabend angekündigt, man werde ihn rechtzeitig wecken. Damit endlich Ruhe einkehrte, schleppte er sich zu Tür und öffnete.

»Na, endlich!« rief das »Kind«. »Haben Sie vergessen, daß Sie hier als Lehrer arbeiten sollen? Sie müssen sofort Frühstück für die Schüler machen und sie herauslassen.«

Über das Wort »herauslassen« wunderte sich Immner, kam aber nicht dazu, etwas anzumerken, denn Fräulein Brendel war noch lange nicht fertig: »Den Unterricht haben Sie heute allein zu bestreiten. Der Kollege König ist verhindert. Hier ist der Schlüssel für die Unterkunft der Schüler.« Sie drückte ihm einen groben, alten Schlüssel in die Hand, der mit einem struppigen Bindfaden an einem Holzklotz von der Größe einer Zigarettenschachtel befestigt war.

»Unterkunft der Schüler?« murmelte er ahnungslos, worauf sie im Feldwebelton erwiderte:

»Der Flachbau im Hof. Und jetzt Beeilung! Es ist schon spät genug!«

Um Beherrschung bemüht, wandte Immner ein: »Was heißt: Unterricht allein bestreiten? Ich weiß überhaupt nicht, wo und wie …«

Das verärgerte sie noch mehr, und sie schnauzte ihn an: »Sie hatten ja wohl Zeit genug, sich zu informieren, oder? Anstatt sich den ganzen Abend im Ort herumzutreiben, hätten Sie besser daran getan, sich alles erklären zu lassen!«

»Das habe ich ja dauernd versucht!« protestierte Immner. »Aber entweder hatte niemand Zeit, oder ich habe lauter widersprüchliche Auskünfte erhalten.«

»Beherrschen Sie sich!« zischte Fräulein Brendel. »Werden Sie nicht auch noch unverschämt!«

Immner wurde wütend. »Spielen Sie hier nicht die Hausherrin!« fuhr er Fräulein Brendel über den Mund. »Ich werde, sobald ich angezogen bin, mit Herrn von Osk sprechen.«

Sie schüttelte den Kopf: »Das ist nicht möglich. Er schläft noch.«

»Ach?« entfuhr es ihm. »Er schläft noch? Wie schön für ihn!«

»Er muß sich ausruhen. Und denken Sie bitte nicht, ich persönlich hätte mehr Schlaf bekommen als Sie. Im Gegenteil! Wir haben, daß Sie es nur wissen, die halbe Nacht damit zugebracht, in Ordnung zu bringen, was Sie eigenmächtig durcheinandergebracht haben!«

»Ich verstehe nicht, wovon Sie reden.«

»Ja, was glauben Sie denn wohl, was für enorme Umstände es uns bereitet hat, Ihren total vorschriftswidrigen Messerkauf korrekt zu verbuchen!«

»Sprechen Sie von dem Brotmesser, das ich ...«

»Allerdings.«

»Und was soll daran so schwierig sein?«

»Sie haben wirklich nicht die geringste Ahnung. Der Vorgang muß doch unserer Geldgeberin gegenüber gerechtfertigt werden! Buchungstechnisch ist das sehr heikel. Ich kann es Ihnen nicht erklären, Sie würden es sowieso nicht verstehen. Jedenfalls hat es, *haben Sie*, uns etliche Überstunden beschert.«

Immner wußte wirklich nicht, ob ihm das leid tun sollte. Ihm fiel die Verzehrquittung vom vergangenen Abend ein. Die Erwähnung derselben schien bei Fräulein Brendel Furcht und Schrecken auszulösen. »Das fehlte noch!« rief sie. »Lassen Sie den Chef bloß damit in Ruhe!«

Er dachte nicht daran, sich so abspeisen zu lassen. »Ja, soll ich denn jeden Tag auf meine eigenen Kosten essen gehen?« fragte er. »Oder kann ich hier im Haus etwas bekommen? Ein Frühstück zum Beispiel? Jetzt gleich?«

Sie prallte förmlich zurück, ihre Miene verriet allergrößten Unwillen. Immner mußte etwas ganz und gar Ungehöriges gesagt haben. Ernsthaft verstimmt erwiderte sie: »Das ist nicht Ihr Ernst, daß Sie mich so etwas fragen! Sie kokettieren doch nur!«

Er beteuerte wahrheitsgemäß, es wirklich nicht zu wissen, da klingelte Fräulein Brendels Mobiltelephon. Sie kramte es irgendwo aus ihrer Garderobe heraus und meldete sich. Nach kurzem Lauschen sprach sie hinein: »Ich komme.« Dann ließ sie den kleinen Apparat wieder verschwinden. »Ich muß sofort gehen«, sagte sie zu Immner, »Herr von Osk braucht mich.« Er schlief also doch nicht mehr.

Fräulein Brendel, bereits auf dem Weg zur Treppe, drehte sich noch einmal flüchtig nach Immner um und rief: »Sie wissen Bescheid!«

»Nein, eben nicht!« gab er zurück, doch darauf erfolgte keine Reaktion. Den Nerv, sich wieder hinzulegen und weiterzuschlafen, hatte er nicht. Daher ging er, nachdem er sich angezogen hatte, mißmutig hinunter, um nach den Schülern zu sehen. Den Schlüssel zu ihrer Unterkunft trug er in der Hand. Waren sie wohl wirklich eingesperrt in dem Flachbau? Es fehlte noch, daß sie allesamt schwererziehbar oder gar gefährlich waren, wofür die Lumo-Erfahrung ein Indiz sein konnte. Immner war so vieles verschwiegen worden, warum nicht auch das?

Als er das Parterre erreichte, kam ihm die absurde Szene wieder in den Sinn, deren Zeuge er tags zuvor in Königs Wohnung geworden war, denn er sah, daß seine Tür offen stand.

»Der Kollege König ist verhindert«, hatte Fräulein Brendel gesagt. Was mochte die Ursache sein? Neugierig spähte er in die Wohnung. Zwei Polizisten, ein Mann in Zivil und die vier Köchinnen standen in der Diele. König war nirgends zu sehen. Soeben verabschiedeten sich die Polizisten und kamen heraus. Immner würdigten sie dabei keines Blicks. Der Mann in Zivil, der ohne weiteres ein Arzt sein konnte, unterhielt sich noch mit den Köchinnen. Immner hörte ihn sagen, es komme darauf an, ob der Patient die nächsten zwei Jahre überstehe, der Schock sei doch zu stark gewesen, andererseits trage besagter Patient, von dem Immner annahm, es sei König, selbst einige Schuld, denn wer sich mit »so etwas« abgebe, der müsse halt mit unangenehmen Folgen rechnen. Wichtig sei in erster Linie, daß das Schulfest nicht unter seiner Indisponiertheit leide. Nach diesen Worten wünschte der Mann einen guten Tag und verließ die Wohnung.

Im Gegensatz zu den Polizisten grüßte er den draußen Stehenden höflich. Dadurch wurden die Köchinnen auf Immner aufmerksam. Eine lief herbei und fragte ihn, ob er schon gefrühstückt hätte. Er verneinte, und Hoffnung keimte in ihm auf, obwohl er nach den Erfahrungen des letzten Abends skeptisch war. Alle vier luden ihn nun freundlich ein, das bisher Versäumte umgehend in Königs Küche nachzuholen. Dankend nahm er das Angebot an. Doch befand man es für nötig, ihn vor seinem Eintreten zu fragen: »Aber haben Sie denn schon für das Frühstück Ihrer Schüler gesorgt?«

Hätte er lügen sollen? Er sagte die Wahrheit: »Nein.«

Dann, beteuerten die Frauen, müsse er sich zuerst darum kümmern, so leid es ihnen täte. »Kommen Sie wieder, wenn das erledigt ist.« Damit ließen sie ihn stehen, die Wohnungstür knallte vor seiner Nase zu.

Ein übler Tagesanfang war das. Und Immner hatte keine Ahnung, was die Schüler zum Frühstück bekamen. Doch wohl nicht wieder das schreckliche Hackfleisch auf Brot? Woher sollte er es wissen, wenn ihm niemand vernünftige Anweisungen gab? Hinterher würde es wieder heißen: »Das war Scheiße.«

Das charakteristische Klappern von Fräulein Brendels Absätzen drang in seine trüben Gedanken. Er wandte den Kopf und sah sie von der Küche her auf ihn zukommen. Eigentlich hatte er sie nicht hier unten erwartet, hielt es aber ohne weiteres für möglich, daß sie ihn kontrollierte. Wahrscheinlich würde sie ihn gleich fragen, was er vor Königs Tür zu suchen hätte und weshalb er nicht längst in der Küche seine Pflicht täte. Als sie dann vor ihm stehenblieb und den Mund auftat, hörte er jedoch: »Ausnahmsweise habe *ich* heute morgen die Schüler herausgelassen und ihnen Frühstück gemacht. Bedanken Sie sich dafür bei Herrn von Osk. Morgen springt aber niemand mehr für Sie ein!«

Immner konnte sich nicht vorstellen, wie sie das alles in der kurzen Zeit geschafft haben wollte. Und ohne den Schlüssel, den sie ihm gegeben hatte! Bestimmt hatte sie es schon erledigt, bevor sie ihn weckte. Alles nur, um ihm jetzt Vorwürfe machen zu können! Er war jedoch nicht geneigt, sich mit ihr zu streiten, sondern hielt es für angebracht, dankbar zu erscheinen, murmelte daher etwas Entsprechendes.

Ohne darauf zu achten, wies Fräulein Brendel ihn an, schnellstens mit dem Unterricht zu beginnen. »Ihre Schüler sind jetzt ohne Aufsicht.« Dann drehte sie sich um und eilte davon, treppauf zum Büro.

Immner stand da und schüttelte den Kopf. Beim Gedanken an die Auskunft des Schulleiters, der Unterricht finde erst nach Einbruch der Dunkelheit statt, lachte Immner laut auf. Nun mußte er doch tatsächlich vor seine Schüler hintreten, ohne gefrühstückt zu haben!

Wo mochten sie überhaupt sein? Zu hören war nichts von ihnen. Immner vermutete sie im Aufenthaltsraum, fand diesen aber leer. Also blieben, falls sie sich nicht wieder in ihre Unterkunft zurückgezogen hatten, nur die beiden Unterrichtsräume. Gleich im ersten traf er sie an.

Er war so überrascht, daß er zunächst nur dastand und sie ungläubig anstaunte. Diese vier Kinder waren weit davon entfernt, mangels Aufsicht über die Stränge zu schlagen. Wie sie da saßen, jedes einzelne offenbar ganz in seine Arbeit vertieft, machten sie den Eindruck, als wäre ein Lehrer vollkommen überflüssig. Immner hatte das Gefühl, zu stören. Eine peinliche Situation! Wie sollte er sich ihnen nähern? Daß ihn vorher niemand eingeführt und den Schülern vorgestellt hatte, war ein weiteres grobes Versäumnis der Schulleitung. Ohne ein Wort zu sagen wieder hinausgehen, konnte er nicht gut, also mußte er sich einen Ruck geben. Erfreulicherweise war wenigstens der penetrante Lumo nicht anwesend. Aus diesem Umstand zog Immner so viel Selbstsicherheit, daß er in der Lage war, die kleine Schar anzusprechen:

»Guten Morgen, laßt euch bitte nicht stören, macht ruhig weiter. Ich möchte mich euch vorstellen, ich heiße Immner und bin ab heute euer neuer Lehrer.«

Von seinem eigenen Wohlwollen fast überwältigt, erwartete er, damit zwangsläufig die Seelen der Kinder zu erreichen und sie sich auf der Stelle gewogen zu machen. Die aber blickten nur flüchtig von ihrer Arbeit auf und kümmerten sich nicht weiter um ihn. Da war er nun erst wenige Sekunden an der pädagogischen Front und hatte schon eine totale Niederlage erlitten. Heldenhafterweise versuchte er aber, auf dem Posten zu bleiben und seine Präsenz zu behaupten. Das einzige, was ihm auf Anhieb dazu einfiel, war, herumzugehen und anzuschauen, was die Schüler im einzelnen taten.

Indem er sich den Anschein größtmöglicher Souveränität gab, begann er bei dem Mädchen, das er tags zuvor im Aufenthaltsraum nach König gefragt hatte. Es duldete sein Interesse und zeichnete in aller Ruhe weiter. Auf den ersten Blick war erkennbar, daß die Kleine Talent besaß. Ohne jede Vorlage schuf sie mit schwarzer Tusche und Feder ein Porträt in einer seltsam altmodischen Manier. Die Zeichnung stellte eine ältere Frau dar, deren Frisur an die dreißiger Jahre des vergangenen Jahrhunderts erinnerte. Verstörend war daran jedoch, daß die untere Gesichtshälfte der Abgebildeten von etwas wie einem schütteren Bart bedeckt war. Immner hütete sich zu fragen, wer die Frau sein sollte, die dank ihrer herabgezogenen Mundwinkel so unglücklich und verhärmt aussah. Stattdessen verfolgte er schweigend, wie die Zeichnerin ihr eine Fuchsstola mit dem Kopf eines kleinen Hundes verpaßte, in dessen Zügen sich der Gesichtsausdruck der Frau in noch stärkerer Ausprägung wiederholte. Es hätte Immner interessiert, ob es sich um eine ganz freie Arbeit handelte, oder ob König dieses Thema gestellt hatte. Fertigten alle vier so ein hirsutistisches Damenportät mit Hund an?

Um das zu überprüfen, schaute er einem anderen Schüler über die Schulter, dem Jungen, den er gleichfalls gestern im Aufenthaltsraum gesehen hatte und der ganz offensichtlich doch nicht Tristan war. Dessen Blatt zeigte aber etwas ganz anderes, nämlich einen mit Farbstiften gezeichneten hohen Erdhügel. Aus der Spitze ragte ein aufrechtes Rohr mit einem Wasserkran am Ende. Eine skizzenhafte menschliche Figur versuchte anscheinend, dort hinaufzugelangen und drohte jeden Moment abzurutschen.

»Das ist fürs Schulfest«, sprach der Schüler auf einmal. Erfreut über die Kontaktaufnahme, wollte Immner das Eisen schmieden, solange es heiß war, und zeigte sich interessiert.

»In dem Raum, wo das steht, ist es dunkel«, erklärte der Junge, »der Himmel ist wie von einem großen Tuch verdeckt, und man hat viel Erde an den Füßen.« Weiter war ihm nichts zu entlocken.

Immner insistierte nicht, sondern ging zum nächsten Tisch. Dort saßen die beiden etwas älteren Mädchen, die am vergangenen Abend draußen auf dem Hinterhof zugesehen hatten, wie Lumo irgendetwas Beunruhigendes tat. Das Immner am nächsten sitzende Mädchen wandte sich um und blickte ihn durchdringend an.

»Wieso fragen Sie uns nicht nach unseren Namen?« erkundigte es sich. »Schließlich haben Sie uns Ihren doch gesagt.« Darauf war er tatsächlich noch gar nicht gekommen, sie hatte vollkommen recht. Ihre Direktheit aber machte ihn verlegen.

»Nun, und wie heißt du?« fragte er, krampfhaft bemüht, seine Unsicherheit zu überspielen.

»Engelfinger«, lautete ihre Antwort. Immner hielt das für einen Scherz, doch niemand im Raum lachte. Handelte es sich um eine Machtprobe? Mußte er seine Autorität unter Beweis stellen? So etwas lag ihm überhaupt nicht, aber wenn er nicht von Anfang an auf Disziplin bedacht war, konnte er einpacken.

»Engelfinger«, wiederholte er ironisch, »was für ein schöner Name. Dann werde ich dich in Zukunft so nennen.«

Auch jetzt lachte niemand, und das Mädchen selbst verzog keine Miene. Um nicht noch einmal in diese Situation zu geraten, fragte Immner nicht weiter. Die Namen seiner Schüler würde er sich im Büro besorgen. Um von diesem leidigen Thema fortzukommen, richtete er seine Aufmerksamkeit auf Engelfingers Zeichnung. Im Vergleich mit den beiden anderen war diese sehr schwach. Während Immner versuchte, das wahrscheinlich irgendwie gegenständlich gemeinte Motiv zu entschlüsseln, kommentierte Engelfinger unaufgefordert:

»Menschen, die viel an Schreibtischen sitzen, machen unter Wasser, besonders beim Ertrinken, unnatürliche, anatomisch unmögliche Beinbewegungen.« Letztere demonstrierte sie, indem sie einer plump umrissenen Gestalt mit dem Bleistift ein paar Kreise in Höhe der Hüft- und Kniegelenke hinzufügte. Dann fuhr sie fort: »Daran erkennt man, daß sie einmal etwas waren, das man früher als ›Greife‹ bezeichnet hat.«

Einen solchen Schwachsinn hatte Immner lange nicht gehört. Für ihn stand fest, daß sich dieses Mädchen lustig über ihn machte. Auf seiner Unbeliebtheitsliste rangierte es unmittelbar hinter Lumo. Für den Moment hatte er genug. Das Elaborat der anderen Schülerin an diesem Tisch konnte er sich irgendwann später ansehen. Er mußte sofort etwas essen und trinken. Nachdem die Kinder schon etwas von Fräulein Brendel bekommen hatten und sich so gut allein zu beschäftigen verstanden, konnte er ja jetzt wohl auch frühstücken gehen.

»Macht bitte weiter«, sagte er überflüssigerweise, »ich bin gleich wieder da.«

Dann verließ er das Zimmer und eilte zu Königs Wohnungstür. Auf sein wiederholtes Klopfen wurde nicht geantwortet. Er verfluchte die vier Köchinnen aus vollem Herzen. Seine Geduld war am Ende, zornig rannte er zum Büro hinauf.

Von Osk öffnete. Immner hielt sich nicht mit Vorreden auf, sondern legte sogleich los. An der Grenze zur Unhöflichkeit verlangte er rundheraus zu erfahren, wo er etwas zu essen bekommen könnte. »Zu essen?« fragte von Osk verdutzt, Immner aber fuhr fort, sich Luft zu verschaffen und erging sich in leidenschaftlichen Beschwerden über die vier Köchinnen. Der Schulleiter sah ihn an, als ob er ihn für irre hielte, begann dann jedoch herzlich zu lachen. Anscheinend glaubte er an einen Scherz.

»Ach ja«, sagte er, »die sonderbaren Schulfestvorbereitungen des Kollegen König … man sieht ja, wohin so etwas führt.« Er schüttelte den Kopf. »Essen«, fuhr er dann fort, »essen können Sie selbstverständlich unten in der Küche, wo Sie auch die Mahlzeiten der Schüler zubereiten. Sie können dort essen, so oft und so viel Sie wollen. Das tut Ihr Kollege König auch. Hat er es Ihnen nicht gesagt? Merkwürdig. Seine Verfassung war wohl schon nicht mehr die beste, als Sie hier ankamen. Wie auch immer, es gibt in besagter Küche eine Extraspeisekammer für das Personal. Da können Sie sich bedienen.« Von Osk sah Immner einen Moment schweigend an, dann fuhr er fort: »Ich kann nicht begreifen, daß Sie von diesen Dingen keine Kenntnis haben. Nein, der Kollege König … Er hat doch arg nachgelassen in letzter Zeit. Wer wollte es ihm verübeln? Die permanente Arbeitsüberlastung… Jahrelang hat er ganz allein unterrichten müssen, jeden Tag, jede Nacht, vierundzwanzig Stunden in Dauerbereitschaft und nie Urlaub! Außerdem das Essen für die Schüler, der ganze Küchendienst … Und in jeder freien Minute, die er sich unter diesen Bedingungen förmlich stehlen mußte, hat er obendrein an seinen, wie gesagt, sonderbaren Vorbereitungen zum Schulfest gearbeitet. Kein Wunder, wenn da die Sicherung durchbrennt.«

Soeben wollte Immner anmerken, welch äußerst nervösen Eindruck König auf ihn gemacht habe, doch sein Vorgesetzter ließ ihn nicht zu Wort kommen: »Man darf auch keinesfalls vergessen, daß Herr König einem Schüler zusätzlich Einzelunterricht gegeben hat, wenn die anderen schliefen. Was übrigens ein fruchtloses Unterfangen war, denn der betreffende Knabe hat nicht das allergeringste Talent.«

»Ach?« wunderte sich Immner. »Herr König hat mir gegenüber aber die Ansicht vertreten, dieser Lumo …«

»Lumo? Nannte er ihn Lumo?«

»Ja.«

»Interessant. Erzählen Sie nur weiter.«

»Diesen Lumo hat er als seinen begabtesten Schüler bezeichnet, geradezu als Wunderkind.«

Bitter lachend rief von Osk: »O Gott, so schlimm stand es schon um ihn? Der, den Sie Lumo nennen, ist nichts weniger als begabt. Wollen Sie die Akte einsehen? Oder warten Sie, ich lese Ihnen die betreffenden Passagen daraus vor. Kommen Sie, nehmen Sie Platz!«

Immner setzte sich auf den Stuhl vor dem Schreibtisch, und von Osk kramte aus der Schublade einen dünnen Schnellhefter hervor. Er blätterte kurz darin und las dann vor: »Die intellektuelle Leistungsfähigkeit des Schülers ist extrem niedrig, allenfalls der eines zwei- bis dreijährigen Kinds entsprechend. Auffallend seine aggressive Gestimmtheit, sein Hang zu Drohgebärden.«

»Letzteres kann ich aus eigener Erfahrung bestätigen«, sagte Immner, »Arbeiten von ihm kenne ich noch nicht.«

»Arbeiten?« wiederholte von Osk spöttisch, indem er seinen neuen Mitarbeiter über den Rand seiner Brille hinweg anblinzelte. »Die Resultate seiner Bemühungen, falls von solchen überhaupt gesprochen werden kann, bestehen bloß in typischem Hieb- und Schwungkritzeln. Wir nennen es ›sinnunterlegtes Kritzeln‹, denn mal soll es dies, mal etwas gänzlich anderes darstellen. Die Phase des sogenannten ›kindlichen Realismus‹ wird hier nicht erreicht, keinerlei Komposition ist erkennbar. Es handelt sich um reine Flächenfüllung.«

Damit verstaute von Osk den Schnellhefter wieder in der Schublade. Mit ernstem Ausdruck erkundigte er sich: »Sie erwähnten vorhin etwas von eigener Erfahrung im Zusammenhang mit den unangenehmen Eigenschaften des Schülers?«
Immner berichtete ihm von Lumos flegelhaftem Auftritt.

»Das ist ja furchtbar!« lautete von Osks Kommentar. »Wie sollen Sie da jemals in der Lage sein, Autorität auszuüben? Was ja um so schwerwiegender ist, als Sie, solange Herr König verhindert ist, den Einzelunterricht des Jungen übernehmen müssen.«

Von dieser Eröffnung schockiert, brachte Immner kein Wort heraus.

»Keine Sorge«, meinte von Osk, »das wird Ihre reguläre Lehrtätigkeit nicht beeinträchtigen. Der Einzelunterricht findet abends statt, auf Ihrem Zimmer.«

Es gelang Immner nicht, den Ausruf: »Na, wunderbar!« zu unterdrücken.

Doch von Osk schaute nur ungerührt auf die Uhr und sagte: »Ich glaube, Sie müssen jetzt wieder zu Ihren Schülern.«

»Nein, ich muß jetzt frühstücken!« entgegnete Immner schroff. Nicht länger auf konziliantes Verhalten bedacht, sprang er auf und lief aus dem Büro. Ein möglichst ausgiebiges Frühstück war wirklich alles, was ihn in diesem Augenblick interessierte. In der Küche stand er dann aber ratlos herum, denn er fand trotz gründlichstem Suchen nicht den allergeringsten Hinweis auf das Vorhandensein einer Extraspeisekammer. Mehr und mehr gelangte er zu der Überzeugung, der Schulleiter müsse in einer anderen Welt leben. Die von Immner wahrgenommene Realität jedenfalls enthielt definitiv keine Verpflegungseinrichtung für Lehrkräfte an dieser Schule. Ihm blieb fürs erste nichts anderes übrig, als ein paar trockene Brotschnitten hinunterzuwürgen. Statt eines starken Kaffees trank er notgedrungen ein Glas Leitungswasser.

Sollte er nun wirklich zu seinen Schülern zurück? Allem Anschein nach brauchten die ihn doch überhaupt nicht. Bevor er sich wieder in diese unangenehme Situation begab, mußte er zuerst vernünftig frühstücken. Wenn es nicht anders ging, dann eben auf seine eigenen Kosten. Im Ort würde sich schon eine Gelegenheit dazu bieten.

Immner machte sich auf den Weg nach draußen, vorbei an Königs Wohnungstür. Als er dieser wegen der bereits vor und hinter ihr erlittenen Irritationen und Frustrationen einen wütenden Blick zuwarf, entdeckte er, daß sie wieder geöffnet worden war. Unwillkürlich hielt er an. Im selben Moment erschien eine Gestalt im Türrahmen, doch erst im übernächsten erkannte Immner sie als seinen Kollegen. König sah derangiert und stark gealtert aus, demnach traf tatsächlich zu, was vorhin von Schock und Überlastungsfolgen zu hören gewesen war. Nur zu gern hätte Immner gewußt, welcher Art Königs Schulfestvorbereitungen gewesen waren, daß sie solche Auswirkungen haben konnten. Er erinnerte sich an das winzige, wortwörtlich kopflos umhersausende Wesen in der Küche, bei dessen Anblick König so etwas wie einen Schwächeanfall erlitten hatte – ob das gar die Ursache für seine jetzige Verfassung gewesen war? Von dem zuletzt extrem gesteigerten Kopfzukken war jetzt allerdings nichts zu bemerken.

König sah Immner aus kleinen roten Augen an und lud ihn ein, mit ihm zu frühstücken: »Allein zu speisen ist so traurig.«

Immner bemühte sich, höflich zu bleiben: »Ach, wissen Sie, an das Speisen bei Ihnen habe ich mittlerweile keinen rechten Glauben mehr. Erst vorhin …«

»Nein, nein«, erwiderte König, »es ist nicht so wie gestern. Jetzt gibt es ganz bestimmt etwas, ich habe es ja selbst zubereitet.«

Sehr umständlich und stockend, manchmal vergebens nach Worten suchend, beschrieb König, was es zum Frühstück geben sollte. Weil Immner es nicht länger mitanhören konnte, gab er nach und folgte ihm ins Eßzimmer.

Betörender Kaffeduft empfing ihn, und auf dem Tisch erblickte er Dinge, die sein Herz höher schlagen ließen: frische Semmeln, Butter, Käse- und Wurstaufschnitt, Konfitüre und Honig. Gedeckt war für zwei, sogar ein gekochtes Ei für jeden gab es. So nahe war Immner einer angekündigten Mahlzeit in dieser Wohnung noch nie gewesen, eigentlich konnte nun nicht mehr viel dazwischenkommen.

»Setzen Sie sich, setzen Sie sich«, sagte König und nahm selbst hinter einem der beiden Gedecke Platz. Als Immner saß, fiel ihm auf, daß auf dem Tisch kein Kaffee stand. Er mußte noch nebenan in der Küche sein, von wo her sich sein Duft ausbreitete. König machte einen unsicheren Eindruck, streckte die Hand aus, griff ins Leere und tastete dann zögernd in der Luft herum wie ein Blinder.

»Ich glaube, der Kaffee fehlt noch«, kam sein Gast ihm zu Hilfe. König blickte hilflos um sich.

»Ach ja«, sagte er dann und, als wäre ihm alles wieder eingefallen, erhob er sich schwerfällig. Wie ein alter Mann schlurfte er in die Küche, wo man ihn eine Weile hantieren hörte, bis er endlich mit einer vollen Glaskanne wiederkam. Gedankenverloren, wahrscheinlich aber eher gedankenlos, stellte er sie so auf den Tisch, daß er sie im Sitzen nur mit Mühe erreichen konnte.

Der erste Schluck Kaffee war für Immner eine Offenbarung. Schnell bestrich er eine halbe Semmel mit Butter, legte zwei Scheiben Käse darauf und biß gierig hinein. Er fühlte sich so zufrieden wie seit langem nicht.

Königs gesamte Aufmerksamkeit galt indessen einem Süßstoffspender aus Kunststoff. Er versuchte, dem zylinderförmigen Behälter etwas von dessen Inhalt abzutrotzen, schüttelte und drückte ihn verbissen, bis endlich zwei der kleinen weißen Tabletten in die leere Tasse fielen. Wieder schwebte seine ausgestreckte Rechte unentschlossen über der Tischdecke. Nach einigem Hin und Her entschied sie sich für die Milch.

Immner konnte nicht hinsehen, es machte ihn nervös. Sekunden später ertappte er sich dabei, wie er König erneut beobachtete. Auf die allerumständlichste Weise schenkte dieser sich Kaffee ein, ein gewisses Quantum landete in der Untertasse. Immner versuchte, sich aufs Essen und Trinken zu konzentrieren, doch wieder und wieder irrten seine Blicke ab. Nach schier endlosem Umrühren seines Kaffees schnitt König in Zeitlupentempo eine Semmel auf. Alsdann bestrich er die Hälften ebenso langsam mit Butter und legte Wurstscheiben darauf. Zwischendurch trank er schlürfend aus seiner Tasse. Dankbar für seine Gastfreundschaft, versuchte Immner, darüber hinwegzuhören. Wesentlich schwerer fiel ihm dies allerdings, als König zu essen begann und dabei fortwährend schmatzte. Keiner von beiden sprach ein Wort, und Immner überlegte, was er um der akustischen Abwechslung willen sagen sollte. Ein naheliegendes Thema wäre Königs Erkrankung gewesen, er hätte ihm sein Mitgefühl ausdrücken und gute Besserung wünschen können. Er fragte sich gerade, ob es wirklich ratsam wäre, da fing König an zu reden.

Dies war insofern begrüßenswert, als es sein Schmatzen unterbrach, erfüllte darüber hinaus, wie Immner schnell erkannte, aber keinen Zweck. Mitnichten wurde irgendein verständlicher Inhalt transportiert, es waren bloß zunehmend undeutliche, zusammenhanglose Worte. Die Pausen wurden immer länger, das Gestammel immer hoffnungsloser. Zuletzt stieß König nur noch konfuse Silben aus, um dann wieder ganz in Schweigen zu versinken und schmatzend weiterzuessen.

An Königs Tisch wurde man zwar satt, aber unter solchen

Umständen konnte einem der Appetit vergehen. Immner würde künftig doch im Ort essen müssen. Ihm schien unbegreiflich, daß man diesen Mann, der doch reif fürs Sanatorium, wenn nicht sogar fürs Altersheim war, sich selbst überließ. Das Zusammensein mit ihm kostete Immner auf Dauer mehr Energie, als mit dem Frühstück aufzunehmen war.

»So«, sagte er, »nun ruft die Arbeit. Ich muß nach den Schülern sehen. Vielen Dank für alles.« Er stand auf und schob seinen Stuhl unter den Tisch.

Als er die Tür noch nicht ganz erreicht hatte, rief König ihm nach: »Zum Mittagessen müssen Sie aber wiederkommen!«

Das war das Letzte, was Immner wollte, deshalb versuchte er, sich herauszuwinden, indem er von seinen dienstlichen Verpflichtungen sprach. Aber König ließ ihn nicht ausreden:

»Nee, heute mittag werde ich mal eine Dose aufmachen. Da sollen fünferlei Gemüse drin sein.« Er versuchte, sie aufzuzählen, kam aber nicht auf die Namen.

Warum, fragte sich Immner, *muß er eine Dose aufmachen? Was ist mit den vier Köchinnen?* Aus diesen Verhältnissen mochte der Teufel klug werden.

»Also, dann mal bis später«, verabschiedete er sich, nun unwiderruflich auf dem Sprung. »Ich muß nach meinen Schülern sehen.« Da ließ sich König vernehmen: »Das sind keine Kinder.«

»Wer?«

»Diese Schüler.«

»Die Schüler sind keine Kinder?«

»Nein.«

»Sondern?«

»Erwachsene.«

»Bitte?«

König stammelte etwas, das Immner nicht verstand, hielt dann inne und schloß die Augen, so daß der Eindruck entstand, er sei beim Sprechen eingeschlafen. Diesem Mann war zweifellos nicht zu helfen. Immner benutzte die Gelegenheit, um schnell aus der Wohnung zu schlüpfen.

Sein Unbehagen wuchs, je näher er der Tür des Unterrichtsraums kam, in dem die Kinder still vor sich hin zeichneten. Wenigstens war er jetzt satt, aber an dem Eindruck, überflüssig oder gar unerwünscht zu sein, änderte das nichts. Er mußte sich zwingen einzutreten. Alles war genau wie beim ersten Mal, sie saßen noch immer still an denselben Plätzen, über dieselben Arbeiten gebeugt. Diesmal ging er nicht zu ihnen, um ihre Zeichnungen anzusehen, sondern begab sich wortlos durch die Verbindungstür in den zweiten Unterrichtsraum. Dort war er ihnen für sein Empfinden nah genug.

Er sah aus dem Fenster und fragte sich, was wohl ein richtiger Pädagoge an seiner Stelle täte. Vielleicht tat er ja instinktiv das Richtige, indem er sich nicht aufdrängte? Möglich, daß man sich erst an einander gewöhnen mußte. Verschiedentlich hatte er früher schon gehört, man müsse Kindern Gelegenheit geben, von sich aus auf einen zuzukommen. Nun gut, diese Gelegenheit sollten sie bekommen. Es konnte jedoch einige Zeit dauern, und so lange mußte er sich irgendwie beschäftigen. Womit aber? Zum Zeichnen war er ganz und gar nicht aufgelegt, also blieb nur Lesen. Um sich eins der Bücher aus seinem Zimmer zu holen, verließ er den Unterrichtsraum durch die Tür zum Flur.

Kaum hatte er das Treppenhaus betreten, als er über sich das charakteristische Klappern von Fräulein Brendels Absätzen hörte. Sie kam ihm entgegen.

»Was tun Sie hier?« fuhr sie ihn an. »Sie sollten jetzt doch unterrichten!«

Wenn Immner auch fand, daß sie das einen Dreck anging,

antwortete er doch höflich, er wolle nur etwas aus seinem Zimmer holen. Daraufhin belehrte sie ihn: »Sie wissen, daß Sie Ihre Schüler nie unbeaufsichtigt lassen dürfen.«

Das wußte er natürlich nicht. Aber er wußte, es wäre sinnlos, ihr zu sagen, seine Schüler bedürften seiner Aufsicht nicht im mindesten. Darum sprach er etwas anderes an, das ihm eben in den Sinn kam: Wie verhielt es sich mit dem Mittagessen für die Schüler, und was hatte er diesbezüglich zu tun?

Eigentlich war er von ihr nichts anderes gewohnt, doch ihre Reaktion auf seine arglose Frage, die immerhin Engagement für seinen Beruf verriet, verblüffte ihn trotzdem. Geradezu tödlich beleidigt erwiderte sie: »Herr Immner, Sie mögen mich für dumm halten, weil sie höchstwahrscheinlich eine bedauernswerte Einstellung zu Frauen haben. Ersparen Sie mir bitte, deutlicher zu werden. Aber auch wenn Sie in mir nur ein Objekt für Ihre Launen sehen, müssen Sie nicht denken, ich fiele auf Ihre Provokationen herein. Und in Zukunft verschonen Sie mich gefälligst damit!«

Ohne ihn weiter ihrer Aufmerksamkeit zu würdigen, lief sie die Stufen weiter zum Erdgeschoß hinab. Immner sah keine andere Möglichkeit, als den Schulleiter um Informationen über das Schülermittagessen zu bitten. Zuerst holte er sich, wie beabsichtigt, etwas zu lesen, dann klopfte er an die Bürotür. Niemand antwortete, auch nach mehrmaligem Klopfen nicht. Er mußte es später noch einmal versuchen.

Die nächste Stunde verbrachte er lesend in dem von den Kindern nicht genutzten Unterrichtsraum. Von nebenan, wo sie eifrig zeichneten, war kein Ton zu hören. Ungestört überließ er sich seiner Lektüre. Mit der Zeit entspannte er sich immer mehr, zuletzt vergaß er sogar völlig, wo er war. Ein schußartiges Hereinplatzen beförderte ihn dann sehr unsanft in die Schulwirklichkeit zurück. Vom Flur her wurde die Tür aufgestoßen, und das Verhängnis in Gestalt von Fräulein Brendel drang ins Zimmer, ein großes Messer in der Rechten.

Immner bekam Angst, gottlob aber blieb ihre Attacke rein verbal: »Sie finden es wohl sehr lustig, Herrrn von Osk und mich die ganze Nacht damit wachzuhalten, daß wir uns wegen Ihrer eigenmächtigen Einkäufe fast totbuchen, während Sie das angeblich verschwundene Brotmesser in Wahrheit zwischen den Schülerakten versteckt haben. Dort habe ich es nämlich soeben gefunden!«

Sie hielt ihm das Instrument vorwurfsvoll hin, das ziemlich alt und abgenutzt aussah. Bevor Immner einen Ton dazu äußern konnte, knallte sie das Messer auf den Tisch, auf dem auch sein aufgeschlagenes Buch lag, nannte ihn einen bösartigen Charakter und kündigte an, sie werde für seinen Hinauswurf sorgen. Dann rannte sie wütend hinaus, nicht ohne die Tür hinter sich zuzuschlagen.

Immner dachte, dieser Zwischenfall müsse die still und emsig arbeitenden Kinder doch verstört haben, deshalb erwartete er, daß sie neugierig herbeigelaufen kämen oder zumindest aufgeschreckt an ihren Plätzen säßen. Ersteres war jedoch nicht festzustellen, und als er zu ihnen hineinsah, bekam er den Eindruck, sie hätten von Fräulein Brendels Auftritt nichts mitbekommen. Was für Wesen waren das nur? Kopfschüttelnd setzte er sich wieder, um weiterzulesen.

Zwanzig Zentimeter neben seinem Buch lag das Brotmesser. Bestimmt hatten es die Schüler, am ehesten wohl Lumo, zwischen die Akten gesteckt. Weshalb dieser Streich nun ihm, Immner, in die Schuhe geschoben wurde, zumal mit solcher Entschlossenheit, war nicht zu begreifen. Die Präsenz des Streitobjekts störte ihn, so daß er es in die Küche trug und in die entsprechende Schublade warf. Er hatte nicht vor, es je zu benutzen, zum Brotschneiden würde er weiterhin das neue

Messer nehmen. Dies konnte somit als erledigt betrachtet werden. Was aber war mit dem Mittagessen? Seufzend ging Immner nachsehen, ob von Osk jetzt im Büro war. Dabei riskierte er freilich, Fräulein Brendel allein anzutreffen und sich neue Beschimpfungen einzuhandeln. Doch er hatte Glück. Außer von Osk war niemand anwesend.

»Ach, Herr Immner«, begann dieser sofort, »gut, daß Sie kommen. Bitte denken Sie doch daran, ab heute den Nachtdienst zu übernehmen. Der Kollege König ist dazu nicht mehr imstande.«

Als von Osk den wenig glücklichen Gesichtsausdruck seiner neuen Lehrkraft bemerkte, sagte er: »Keine Sorge, Sie müssen sich bloß bereithalten. Es dürfte kaum einmal etwas vorkommen, das Ihnen den Schlaf raubt.«

Immner wandte ein: »Da ich aber auch tagsüber Dienst habe, heißt das doch Vierundzwanzigstundendienst.«

»Das ist richtig. Sie dürfen das Haus nicht verlassen.«

»Für wie lange?«

»So lange Kollege König verhindert ist.«

»Und wenn er nie wieder arbeiten kann?«

»Sie sollten nicht gleich vom Schlimmsten ausgehen, Herr Immner. Zum Leben gehört unbedingt Hoffnung.«

»Jedenfalls werde ich ihn auf unbestimmte Zeit vertreten müssen. Keine angenehme Aussicht.«

»Höhere Gewalt! Was soll man machen? Doch sagen Sie, weshalb wollten Sie mich eigentlich sprechen?«

Immner besann sich auf sein ursprüngliches Anliegen und trug es vor.

»Haben wir das nicht längst besprochen?« wunderte sich der Schulleiter. »Mittags essen die Schüler nichts.«

»Nichts?«

»Nein.«

Wenn dies auch eine fragwürdige Regelung zu sein schien, ersparte sie Immner doch eine Menge Mühe. Mehr interessierte ihn nicht, und da er nicht heucheln wollte, unterließ er jede Äußerung dazu. Stattdessen brachte er das angeblich in den Schülerakten aufgefundene Brotmesser zur Sprache, denn ihm lag daran, daß von Osk nicht ausschließlich Fräulein Brendels Version der Geschichte kannte.

»So?« fragte von Osk beiläufig. »Ist es also auch wieder aufgetaucht?«

Auf die näheren Umstände ging er gar nicht ein, sie waren ihm offenbar gleichgültig. »Wo Sie schon einmal hier sind«, sagte er dann, »können Sie auch direkt etwas erledigen, worum ich Sie demnächst sowieso gebeten hätte.«

Was nun noch? dachte Immner. *Es reicht doch wohl allmählich.*

»Machen Sie Ihren Antrittsbesuch bei Frau Rist. Sie ist, wie Sie wissen, unsere Geldgeberin, und hat somit Anspruch darauf, eine neue Lehrkraft persönlich in Augenschein zu nehmen. Gehen Sie heute mittag um Punkt zwölf hinüber.«

Nach der Wegbeschreibung zu urteilen, die von Osk ihm gab, wohnte Frau Rist in unmittelbarer Nähe des Schlößchens. Immner hatte nicht die geringste Lust dazu, behielt dies aber für sich. Er war schon fast zur Tür hinaus, als von Osk ihm nachrief: »Von dem Eindruck, den Sie hinterlassen, kann es abhängen, ob wir genug Geld für unser Schulfest bekommen!«

Nach seiner Rückkehr ins Erdgeschoß kümmerte Immner sich nicht im mindesten um die Kinder im Nebenzimmer, er sah nicht einmal nach ihnen. Die Zeit bis zehn vor zwölf verbrachte er lesend, dann klappte er das Buch zu.

Im Begriff, zu seinem Antrittsbesuch aufzubrechen, war er nun doch neugierig, ob es stimmte, daß die Schüler mittags nichts aßen. Aus Erfahrung klüger geworden, wollte er sich vorsichtshalber in diesem Punkt vergewissern. Der Blick in den Nebenraum überraschte ihn: Sie waren allesamt fort! Durfte ihm das gleichgültig sein? Wohl kaum, überlegte er. Wenn er nicht wußte, wo sie steckten, und auch nichts unternahm, um es herauszufinden, verletzte er seine Aufsichtspflicht. Gegebenenfalls konnte er damit juristischen Ärger heraufbeschwören. Wohl oder übel mußte er sich darum kümmern, was jetzt zeitlich aber ganz und gar nicht paßte. Am Ende konnte der Besuch bei Frau Rist deshalb nicht stattfinden, und er würde später zugeben müssen, seine Schüler und seine Pflichten aufs sträflichste vernachlässigt zu haben.

Also lief er zum Aufenthaltsraum und steckte den Kopf hinein: Fehlanzeige. Vielleicht hatten sie sich in ihre Unterkunft zurückgezogen? Möglich, daß sie mittags dort zu schlafen pflegten. Oder sie spielten draußen irgendwo – was wußte er schon? Falls er die Kinder innerhalb der nächsten zwei, drei Minuten fand, konnte er noch pünktlich bei Frau Rist sein, und alles wäre gerettet.

Als er sich eben von der Tür des Aufenthaltsraums abwandte, um den Hinterhof aufzusuchen, prallte er auf ein Hindernis. Jemand hatte sich angeschlichen und stand dicht hinter ihm.

Es war König: »Kommen Sie zum Mittagessen?«

Immner fuhr ihn an: »Mann, Sie haben mich fast zu Tode erschreckt!« Nach Königs geistesabwesenden Gesichtsausdruck zu urteilen, hatte ihn der Vorwurf nicht erreicht. Ungehalten fügte Immner hinzu: »Ich hab jetzt keine Zeit. Ich soll um zwölf bei Frau Rist sein, aber die Kinder sind plötzlich weg!«

»Die sind um die Zeit immer weg«, sagte König seelenruhig.

Immner war nicht sicher, was er davon halten sollte. »Und wo sind sie dann?« wollte er wissen.

König hob die Schultern und ließ sie wieder fallen. Mit der gleichen Ruhe wie zuvor antwortete er: »Das weiß niemand.«

»Was soll das heißen?«

»Kurz vor Mittag verschwinden sie halt jeden Tag. Zwei Stunden später sind sie wieder da.«

»Irgendwo müssen sie sich in der Zwischenzeit doch aufhalten.«

»Sicher.«

»Hat man denn schon überall nach ihnen gesucht?«

»Noch und noch. Ohne Erfolg.«

»Das gibt es nicht. Ich bleibe dabei: Irgendwo *müssen* sie sein.«

»Ja, in einer anderen Welt.«

»Ach ja, toll! In einer anderen Welt! Lachhaft! Wenn ich das Herrn von Osk sage! ›Tut mir leid, Herr von Osk, aber unsere Schüler sind soeben in einer anderen Welt. In zwei Stunden kommen sie wieder.‹«

»Der weiß es doch.«

»Von Osk?«

»Ja.«

»Der weiß, daß die Schüler …?«

»Klar.«

»Na, dann ist es ja gut. Schön, daß ich es jetzt auch weiß. Geh ich also getrost zu Frau Rist. Die weiß es bestimmt auch.«

»Nein, die nicht. Die weiß gar nichts. Sie sollten ihr auch nichts sagen.«

Das Gespräch schien König sehr angestrengt zu haben. Er wirkte hinfällig. Als er noch etwas äußern wollte, kam nur heilloses Gebrabbel heraus, das schnell erstarb. Weil Immner Mitleid mit ihm hatte, sagte er leichtfertigerweise: »Bei Frau

Rist wird es bestimmt nicht lange dauern. Anschließend komme ich zum Essen zu Ihnen. Bis gleich also.«

Im selben Moment bereute er es. Auf das abenteuerliche Gerede seines erkrankten Kollegen hin unterließ er jeden Versuch, seine Schüler aufzuspüren. Immer verantwortungsloser handelte er! Und darüber hinaus hatte er sich eingebrockt, daß König ihn nachher bei Tisch wieder verrückt machen würde. Doch es war nun einmal nicht mehr zu ändern.

Immner ließ König im Flur stehen, es war schon fast zwölf, und er mußte sich sputen. Im Eilschritt legte er die Strecke zurück, die von Osk ihm beschrieben hatte. Kaum hundert Meter mußte er der Straße folgen, die an dem Schlößchen vorbeiführte, dann sah er schon die »Ristsche Villa«, eigentlich ein bescheidenes, zweistöckiges Haus mit einem protzigen schmiedeeisernen Tor vor der Einfahrt.

Das Tor war verschlossen. Der rechte der beiden gemauerten Pfosten wies eine Klingel mit Messingschild sowie eine Gegensprechanlage auf. Auf dem Schild stand: *Martha Rist*. Immner drückte den Knopf. Auf seiner Uhr war es zwei Minuten nach zwölf, mithin konnte sein Eintreffen noch einigermaßen pünktlich genannt werden. Der Lautsprecher blieb stumm, auch sonst regte sich nichts. Nach einer Weile klingelte Immner erneut, wieder ohne eine Antwort zu bekommen. Er versuchte es noch zweimal, dann ging er.

Seine doch sehr geringfügige Verspätung konnte, wie er fand, nicht der Grund sein, daß man ihm nicht geöffnet hatte. Gewiß war niemand zu Hause. Von Osk hatte ihn einfach losgeschickt, ohne sich vorher zu versichern, ob der Zeitpunkt wirklich günstig war. Mehr und mehr wuchsen Immners Zweifel an der Kompetenz seines Vorgesetzten. Auf dem Rückweg nahm er sich vor, ihn sogleich wohldosiert vorwurfsvoll vom Scheitern der Aktion in Kenntnis zu setzen.

Kaum hatte er aber das Parterre betreten, als König aus seiner Wohnungstür sah und fragte: »Kommen Sie zum Essen?« Immner erwiderte, er hätte keine Zeit, da er zu Herrn von Osk müsse. »Der ist nicht da«, sagte König. Woher wollte ausgerechnet *er* das wissen? Lieber ging Immner hinauf und überzeugte sich selbst davon.

Zu seinem Leidwesen war nur Fräulein Brendel im Büro, und sie bestätigte Königs Auskunft, um fortzufahren: »Er ist bei Frau Rist und versucht, in Ordnung zu bringen, was Sie angerichtet haben.«

Verblüfft rief Immner aus: »Was denn jetzt schon wieder?«

»Sie wurden erwartet, fanden es aber offenbar nicht der Mühe wert, überhaupt hinzugehen.«

»Moment!« widersprach er. Ich war da! Mehrmals habe ich geläutet, aber niemand hat geöffnet!«

»Auf die Idee, die Klingel könnte defekt sein und das Tor nur angelehnt, sind Sie nicht gekommen?«

Diese empörend blödsinnige Vorhaltung hatte etwas so Entwaffnendes, daß Immner nichts herausbrachte.

»Ein besonders flexibler Geist sind Sie nicht gerade«, urteilte seine erbarmungslose Anklägerin. »Das kann Ihnen auch im Unterricht keine große Hilfe sein. Bislang haben Sie sich in diesem Institut nur durch Pflichtvergessenheiten hervorgetan. Eine Enttäuschung sind Sie.«

Was sich diese Bürohilfskraft anmaßte! So beherrscht wie möglich versetzte Immner, sie möge ihre persönliche Meinung für sich behalten, da dieselbe auf einer Realitätswahrnehmung beruhe, die sicher kein zweiter Mensch auf der ganzen Welt teile.

Beim Hinausgehen gab er sich Mühe, die Tür nicht zuzuschlagen. Denkbar war, daß Fräulein Brendel in der Absicht, ihn zu kränken, einfach gelogen hatte. Es war abzuwarten, was von Osk später dazu sagen würde, falls er überhaupt etwas dazu sagte.

Immner blieb nichts anderes übrig, als mit König zu Mittag zu essen. Weitaus lieber wäre er in den Ort gegangen. Aber er hatte nun einmal zugesagt. König empfing ihn an der Wohnungstür: »Kommen Sie, es ist alles fertig. Wir können essen.«

»Sie hatten recht«, sagte Immner beim Eintreten, »Herr von Osk war nicht da.«

König ging darauf nicht ein, sondern erzählte von Würsten, die er vorhin erhitzt habe. Dabei beschrieb er peinlich genau deren Maße sowie jeden einzelnen Zubereitungsschritt. Zur Wurst sollte es Gemüse aus der Konserve geben, und auch darüber wurde der Gast genauestens ins Bild gesetzt. Immner nahm die nutzlosen Informationen schweigend zur Kenntnis, nickte höchstens hin und wieder mit dem Kopf oder ließ durch entsprechende Lautäußerungen erkennen, daß er zuhörte. Die sehr einfache Mahlzeit, für die er letztenendes doch dankbar war, verzehrten die beiden zunächst wortlos.

König schmatzte in einem fort, bis er plötzlich anfing zu reden: »Sie hat auch so einen ... so ein Tier, na, so eine große Katze mit Punkten ... aus Afrika ...«

»Wer?« fragte Immner.

»Die Alte drüben.«

»Welche Alte?«

»Die, bei der Sie heute mittag waren.«

»Frau Rist?«

»Ja, ja, die hat so ein Vieh.«

»Meinen Sie etwa einen Leoparden?«

»Nein, nicht Leopard ... der andere, so ähnlich ...«

»Ein Gepard?«

»Ja!«

»Geparden kann man zähmen und als Haustiere halten. Davon habe ich schon gehört«, sagte Immner, hatte aber große Zweifel an Königs Geschichte. Mehr war dann nicht darüber zu erfahren, was er schade fand. Stattdessen erzählte sein Gastgeber ausführlichst vom Aufwärmen eines Fertiggerichts. Nachdem Immner der Appetit vor lauter Langeweile fast vergangen war, begann König mit einemmal ohne jede Vorrede über jemanden herzuziehen, der sich erst nach beharrlichem Nachfragen als der Ehemann der Geldgeberin herausstellte. Ganz unverblümt behauptete König, Herr Rist, der im übrigen ein totaler Versager und Parasit sei, habe ihm einmal seine Gattin angeboten, die damit angeblich einverstanden gewesen sei.

»Das Ferkel hat mir genau gesagt, was ich mit ihr machen sollte, und dabei wollte er dann zusehen«, erzählte er. »Aber das habe ich mir verbeten, schließlich ist sie doch meine Brotherrin!«

Das erschien Immner noch unglaubwürdiger als die Geschichte vom Geparden. Was dieses zerrüttete Individuum faselte, konnte man keinesfalls ernstnehmen. Doch es kam noch besser: Als nächstes mußte er hören, das Ehepaar Rist, von Osk und Fräulein Brendel trieben es miteinander! Die Rolle, der der letzteren dabei zugedacht wurde, war die reinste Infamie, doch Immner fand, es geschah ihr recht. Er sah auf seine Uhr: Fast halb zwei. Damit hatte er einen triftigen Grund, die Tafel zu verlassen.

»Höchste Zeit«, sagte er, indem er aufstand. »Ich müßte längst drüben bei den Kindern sein.«

König meinte gelassen: »Ja, die sind inzwischen wohl zurück.«

Nun würde Immner sich wieder stundenlang von diesen Wesen ignorieren lassen müssen, bis es Zeit wurde, ihnen ihr abstoßendes Abendbrot zu machen. An der Tür verabschiedete ihn König mit den Worten: »Dann also bis nachher beim Abendessen.«

Weil er neugierig war, ob sie wirklich zurück waren, zwang er sich, den von ihnen benutzten Raum zu durchqueren, und wahrhaftig, da saßen sie genau wie zuvor, sich selbst vollauf genügend und auf seine Gegenwart nicht im mindesten angewiesen. Einen Augenblick lang erwog er, einen neuen Vorstoß zu unternehmen, um von ihnen in seiner Funktion als Lehrer wahrgenommen zu werden. Doch schon beim Luftholen sah er sein Beginnen gescheitert, so überdeutlich spürte er, daß sie in keiner Weise bereit waren, ihn wahrzunehmen, erst recht nicht als ihren Lehrer. So schlich er denn wieder ins Nebenzimmer und las.

Der Nachmittag verging sehr langsam. Vom Essen müde geworden, fiel es Immner zunehmend schwerer, sich auf seine Lektüre zu konzentrieren. Seine Gedanken irrten ab und hörten auf, seine eigenen zu sein. Immer öfter nickte er ein.

»Sind Sie normal?« fragte eine junge Stimme hinter ihm.

Erschrocken fuhr er herum. Seine Benommenheit wich in derselben Sekunde der peinlichen Erkenntnis, daß ihn jemand beobachtet hatte. In der Verbindungstür stand Engelfinger und fixierte ihn skeptisch. Um etwas Boden zu gewinnen, stellte Immner die taktische Gegenfrage: »Was soll das heißen: ›Sind Sie normal‹?«

»Sind Sie normal?« wiederholte sie ungerührt.

Ihre Dreistigkeit machte ihn wütend. Wo gab es denn so etwas! Er rief: »Herrgott, ja! Natürlich bin ich normal! Wie kommst du überhaupt dazu, mich so was zu fragen? Was willst du?«

»Es wird langsam Zeit fürs Abendessen. Sie müssen in die Küche.«

Ein Blick auf die Uhr zeigte Immner, daß Engelfinger, abgesehen von ihrer unverschämten Art, recht hatte. Bemüht gelassen erwiderte er: »Ist schon gut. Ich weiß selbst, was ich zu tun habe.« Weil hierauf keine Frechheit von ihrer Seite folgte, witterte sein wieder aufkeimendes Autoritätsbewußtsein eine Chance. Jetzt war der geeignete Zeitpunkt, seine Position zu behaupten.

»Vor dem Abendbrot möchte ich mir ansehen, was ihr heute gezeichnet habt«, kündigte er mutig an und stand auf. Der Blick der Schülerin verriet Unverständnis, aber sie äußerte keinen Protest. Gleichgültig ging sie voran. Die übrigen sahen, wie Immner schien, erwartungsvoll von ihren Arbeiten auf, als er eintrat. Ihm war nicht möglich zu unterscheiden, ob sie Respekt empfanden oder ihn für übergeschnappt hielten. Jedenfalls brach schon in der nächsten Sekunde sein Wille unter ihren Blicken zusammen, mit dem Autoritätsbewußtsein war es wieder vorbei. Kein Wort brachte er mehr heraus. Um nicht wie ein Idiot mit hochrotem Kopf dazustehen, verließ er fluchtartig den Raum. Auf dem Flur erwartete er, von drinnen Hohngelächter zu hören, doch es blieb ganz still. Diese Kreaturen waren ihm in der Tat auf unheimliche Weise überlegen.

In der Küche nahm Immner einen frischen Brotlaib heraus, um zwanzig Scheiben abzuschneiden, und zog die Schublade mit den Brotmessern auf. Keins von beiden lag darin! Weder in den übrigen Schubladen noch sonst irgendwo in der Küche konnte er eins finden. Geschah das etwa jeden Abend? Mußte er wieder in den Ort laufen, um Ersatz zu kaufen? Am nächsten Tag würde ihm Fräulein Brendel dann wieder eine Szene wegen der Ausgaben machen und die beiden verschwundenen Messer präsentieren. Vielleicht sollte er lieber gleich in der Schülerkartei nach ihnen suchen? Nein, es gab einen Ausweg: Er konnte sich ein Brotmesser aus Königs Küche leihen!

Der rettende Einfall wurde umgehend in die Tat umgesetzt. Königs Aussehen verschlechterte sich, als er hörte, was Immner ihm über die Messer berichtete.

»Das ist doch kein Leben mehr«, lautete sein mit schwacher Stimme gesprochener Kommentar. Gleichwohl schlurfte er in seine Küche und suchte eine Zeitlang, bis er ein einigermaßen brauchbares Messer fand. Für mehr als flüchtigen Dank hatte Immner keine Zeit, er mußte schnellstens dafür sorgen, daß die Schüler ihren Fraß bekamen. Der Gedanke an das hackfleischartige Zeug verursachte ihm Widerwillen. »Ich warte mit dem Essen auf Sie!« rief König ihm nach.

Mit einer nur geringfügigen Verspätung brachte Immner den Kindern schließlich ihr Abendbrot, das sie im Aufenthaltsraum einnahmen. Dabei leistete er ihnen selbstverständlich nicht Gesellschaft, sondern wartete in der Küche, bis er sicher sein konnte, daß sie fertig waren.

Kurz bevor er zum Abräumen hinübergehen wollte, öffnete sich die Tür und von Osk kam herein: »Ich muß mit Ihnen reden, Herr Immner!«

Dieser fürchtete augenblicklich, Fräulein Brendel könne doch die Wahrheit gesprochen haben, und es würde nun eine Strafpredigt setzen, weil er nicht bei Frau Rist gewesen war. Er gedachte aber nicht, sich irrationale Vorhaltungen machen zu lassen und war entschlossen, seinen Standpunkt zu behaupten.

Von Osk blieb stehen, blickte etwas unsicher umher und fragte dann: »Sie sind nicht gerade beim Essen?«

»Nein.«

»Um so besser, ich wollte Sie nicht stören. Es geht um folgendes: Das Schulfest soll nun bald stattfinden, ein genauer Termin steht allerdings noch nicht fest. Was der Sache freilich Abbruch tut, ist die Erkrankung des Kollegen König. Dabei bin ich durchaus der Ansicht, seine Mitwirkung sollte auch nicht überbewertet werden. Ganz unter uns: Vielleicht ist es sogar besser, daß die von ihm geplanten, vorsichtig ausgedrückt, etwas problematischen Beiträge nun nicht zum Einsatz kommen werden. Sein eigenes Schicksal mag dafür sprechen. Nun ja, genug davon. Also, das Schulfest …«

Die Tür ging wieder auf, herein kam Fräulein Brendel. Ehe sie den Mund öffnen konnte, bat von Osk sie in dem süßlich-väterlichen Ton, den er ihr gegenüber stets anschlug: »Ach, Kind, tu mir doch den Gefallen und bring die Schüler zur Nacht in die Unterkunft, ja? Ich habe gerade etwas Wichtiges mit Herrn Immner zu besprechen.«

»Kein Problem«, erwiderte Fräulein Brendel emotionslos. Mit ausgestreckter Hand trat sie zu Immner: »Darf ich um den Schlüssel bitten?« Er händigte ihn ihr aus. »Sie bekommen ihn schnellstens zurück«, versicherte sie mit falscher Freundlichkeit, im nächsten Augenblick war sie schon draußen.

»Lieb von dir!« rief von Osk ihr nach. Wieder Immner zugewandt, fuhr er fort: »Wo war ich stehengeblieben? Ja. Das Schulfest, müssen Sie wissen, ist für mich von größter Wichtigkeit, eine wahrhaftige Herzensangelegenheit, die ganz große Sache von nachgerade mythischer Bedeutung! Schon als Kind hatte ich Großes vor, sehr Großes! Es fehlte damals nicht an Ideen und Weltentwürfen, das Paradies war nicht fern! Deshalb liebe ich es heute ja so, mit diesen hochbegabten, phantastischen Kindern zu arbeiten. Sie werden gewiß schon festgestellt haben, wie über jedes menschliche Maß hinaus begnadet unsere Schüler sind.«

Auf Lumo traf das nach von Osks eigenen Worten aber kaum zu, doch Immner verkniff sich einen Kommentar. Lumo! Erst jetzt wurde ihm dessen Abwesenheit an diesem Tage bewußt. Er war zwar froh darüber, aber er hatte nun einmal die Verantwortung. Sollte er von Osk darauf ansprechen? Die gedankliche Beschäftigung mit diesem Thema lenkte ihn von den Ausführungen seines Vorgesetzten ab. Einiges war ihm schon entgangen.

»... ständig droht sie, die Unterstützung für unser Institut einzustellen«, sagte der Schulleiter soeben, woraus Immner schloß, daß es um Frau Rist ging. Nun kam man also doch auf seinen nicht zustandegekommenen Besuchs zu sprechen, und die Schelte war ihm gewiß. Ergeben hörte er weiter zu.

»Darum bin ich sehr froh, Sie heute mittag zu ihr geschickt zu haben. Vor wenigen Minuten hat sie mir telephonisch mitgeteilt, welch einen guten Eindruck sie von Ihnen bekommen hat. Die Fördergelder für das Schulfest sind gesichert!«

Immner sträubten sich die Haare. Ungläubig riß er die Augen auf, doch er schwieg.

»Gut«, schloß von Osk, »das wollte ich Ihnen noch heute mitteilen, denn es geht Sie doch schließlich auch an. Ah, da bist du ja wieder, Kind!«

Fräulein Brendel war hereingekommen und gab Immner den Schlüssel zurück. Von Osk wünschte zerstreut einen guten Abend, dann verließ er mit seinem »Kind« die Küche.

Was er soeben von Frau Rist erzählt hatte, setzte dem Faß die Krone auf! Bei einer solchen Weltwahrnehmung, spekulierte Immner, hielt von Osk ihn vielleicht sogar für einen hervorragenden Lehrer. Von Fräulein Brendels Einstellung ließ er sich nicht beeinflussen, das lag auf der Hand.

Nach Erledigung der notwendigen Arbeiten in Aufenthaltsraum und Küche brachte Immner das geliehene Brotmesser zurück. König wartete schon mit dem Abendessen. Als er sein Messer entgegennahm, fragte er erstaunt: »Ach, ist es wieder aufgetaucht?«

Immner versuchte, den Sachverhalt richtigzustellen, aber

König hörte nicht zu, sondern sagte voller Entzücken: »Zurück aus einer anderen Welt!«

Sollte er es doch sehen, wie er wollte. Jeder hier tat das.

Mit König zu essen, gestaltete sich erwartungsgemäß qualvoll. Sein mentaler Zustand schien sich abermals verschlimmert zu haben. An Namen von Personen und Bezeichnungen für Gegenstände konnte er sich nicht erinnern, sondern nahm zu unbeholfenen Umschreibungen Zuflucht. Die meiste Zeit über konnte Immner sich nicht zusammenreimen, um wen oder was es ging. Schließlich redete König nur noch von Wurst, die er gern aß, zeigte mit den Fingern Länge und Durchmesser und führte aus, wie viel er innerhalb einer Woche davon zu essen pflegte. Dabei brachte er aber keinen Gedanken mehr zu Ende, fing dauernd neue Sätze an.

Immner versuchte, seinerseits etwas zur Unterhaltung beizutragen, um damit dem Gestammel entgegenzuwirken, doch es war aussichtslos, denn König hatte dafür keine Ohren, sondern fuhr fort mit seinem sinnlosem Faseln. Immner hätte laut schreiend hinausrennen mögen. Aus Dankbarkeit für das schlichte, aber eßbare Mahl zwang er sich zum Durchhalten und hoffte auf ein baldiges Entkommen.

Damit schien es allerdings so bald nichts zu werden, denn als nächstes wiederholte der Unglückselige der Reihe nach alles, was er früher schon behauptet hatte: Daß die Kinder gar keine Kinder seien, daß »die Alte drüben« so ein Vieh mit Punkten habe, und daß sie und ihr schweinischer Ehemann es »mit unserem Obersten und der anderen« trieben und so weiter und so weiter. Der Verzweiflung nahe, schwor sich Immner, nie wieder gemeinsam mit dem, was von König übrig war, eine Mahlzeit einzunehmen. Künftig wollte er sich Lebensmittel kaufen und in der Küche zubereiten. Er sah auch keine Veranlassung mehr, sich weiterhin um Rücksicht zu bemühen, König tat es ja ebenso wenig. Von einem Augenblick auf den anderen stand Immner auf, dankte für die Mahlzeit und wünschte einen angenehmen Abend.

»Warten Sie«, sagte König und erhob sich gleichfalls. Mit den Worten »Ich hab noch was für Sie« lief er in die Küche. Dem Fliehenden war diese Verzögerung gar nicht recht. Er befürchtete, es handle sich um eine Hinhaltetaktik mit dem Ziel, ihn weiter zu elenden. Das Klügste schien ihm, einfach zu gehen, doch König kehrte schon zurück, mit einer vollen Flasche Rotwein in Händen.

»Hier«, sagte er, »nehmen Sie sie mit. Ich kann leider nichts davon trinken, da müssen Sie sie halt allein leermachen.« Damit beschämte er Immner, der sich nun ganz schlecht vorkam, weil er so ungeduldig gewesen war mit dem kranken Mann. Er zierte sich zunächst, nahm das Geschenk zuletzt aber dankend an. War er jetzt nicht verpflichtet, weiterhin mit König zu essen? Hatte er sich kaufen lassen?

Es war erst kurz nach zwanzig Uhr, als Immner in seinem unbehaglichen Zimmer ankam, früher als am Abend zuvor, doch diesmal ausgestattet mit einer Flasche Wein. Theoretisch hatte er Bereitschaftsdienst, bis zum Morgen konnte allerhand geschehen, beispielsweise konnte Lumo zum Einzelunterricht erscheinen. Deshalb aber auf sein Getränk zu verzichten, kam ihm nicht in den Sinn. Der Wein war sogar genießbar, und das erste Glas leerte Immner auf Königs Wohl. Von nichts und niemandem behelligt, verbrachte er einen zwar einsamen, aber passablen Abend mit Alkohol und Lektüre.

Störungsfrei verlief auch die Nacht, bis um sechs Uhr seinem Schlaf vom Läuten des Weckers ein Ende bereitet wurde. Besser so geweckt werden als von Fräulein Brendel, sagte er sich. Er blieb noch etwas liegen und dachte daran, was ihn an diesem Tag erwartete. Die Aussichten waren trübe:

Schüler herauslassen, ihnen Frühstück machen, mit König frühstücken, den Rest des Tages bis zum Abendessen absitzen, zwischendurch mit König zu Mittag essen … Zuerst also das sogenannte »Herauslassen« der Schüler. Immner war zwar gespannt, was sich hinter diesem geheimnisvollen Begriff verbarg, doch haßte er es, schon vor dem Frühstück irgendwelche Arbeiten verrichten zu müssen, wenn er noch unfähig war, der Welt gegenüberzutreten.

Hungrig und schwach mußte Immner in die kalte Morgenluft hinaus. Etwa zwanzig Meter waren es von der rückwärtigen Tür im Parterre bis zur Schülerunterkunft, einem eingeschossigen, auf rohe Art in die äußerste Ecke des Hinterhofs betonierten Kasten, der die Größe von drei Einzelgaragen hatte. Die Vorderfront wies außer der Tür nur zwei kleine Fenster auf, deren Schlagläden von außen verriegelt waren. Auch die Tür fand Immner verschlossen – die Kinder waren tatsächlich eingesperrt! Die Vermutung, sie könnten gefährlich sein, schien dadurch eine Bestätigung zu erfahren, dabei hatte er inzwischen doch einen ganz anderen Eindruck von ihnen gewonnen. Wenn sie ihm in gewisser Hinsicht auch unheimlich waren, hielt er es dennoch keinesfalls für gerechtfertigt, sie so zu behandeln. Vielleicht gab es aber auch ihm unbekannte Gründe dafür. Königs Gerede von den Kindern, die eigentlich Erwachsene seien und kurz vor Mittag in eine andere Welt verschwänden, konnte Immner nicht ernst nehmen, aber es trug dennoch zu seiner Verunsicherung bei. Sollte wirklich eine Gefahr bestehen, handelte von Osk sträflich verantwortungslos, einen neuen Lehrer völlig unvorbereitet einer solchen auszusetzen. Andererseits hatten sowohl König als auch Fräulein Brendel das Einsperren und Herauslassen der Schüler ganz selbstverständlich erledigt, ohne etwas von notwendigen Vorsichtsmaßnahmen zu erwähnen ... Das ewige Wenn und Aber ärgerte ihn, er wollte nicht länger mit dem Schlüssel in der Hand herumstehen und frieren. Er schloß auf und öffnete die Tür. Dann wartete er vorsichtshalber ein Weilchen. Als nichts geschah, wagte er es, das Gebäude zu betreten.

Zu sehen war nichts, zu hören auch nicht, um so mehr aber zu riechen. Ein Gestank ähnlich wie in einem Raubtierhaus benahm ihm den Atem. Diese Geruchsassoziation erhielt optische Unterstützung, als er drinnen dank des durch die offene Tür einfallenden Tageslichts jetzt eine Reihe von Käfigen ausmachen konnte. Die durch Zwischenwände von einander getrennten kleinen Zellen hinter den Gitterstäben verblieben im Dunkeln.

Um erkennen zu können, ob sich etwas oder jemand darin aufhielt, benötigte er Licht. Immner probierte einen neben der Eingangstür angebrachten Schalter, und an der Dekke blitzte eine gleißend helle Neonröhre auf. Jetzt war das Zelleninnere hart ausgeleuchtet, was ein erbarmungsloses Bild bot. Schmutz bedeckte Wände und Boden, außer allerhand unidentifizierbaren Bruchstücken lag in jedem Käfig ein kurzes Kanalisationsrohr. Der einzige Einrichtungsgegenstand war jeweils eine primitive Pritsche in der Ecke. Ausbeulungen in den darübergeworfenen, lumpenartigen Decken deuteten zusammengekrümmt liegende Körper an, dem Anschein nach aber eigentlich zu klein für diejenigen, die es erwartungsgemäß sein sollten.

Ratlos stand Immner herum und betrachtete das völlig unmögliche Bild. Kein Laut war zu hören. Der Gestank ließ trotz der weit geöffneten Tür kaum nach, lange konnte er es in diesem Verlies nicht mehr aushalten.

Auf einmal schrillte es: »Ach, der Herr geruhen, schon so früh auf zu sein?«

Fräulein Brendel stand in herausfordernder Pose hinter ihm. Sie mußte sich absichtlich leise genähert haben.

»Damit war nicht zu rechnen«, fuhr sie sarkastisch fort. »Wer konnte auch ahnen, daß Sie einmal Ihren Pflichten nachkommen?«

Verärgert antwortete Immner: »Wenn man mir vorher sagt, was meine Pflichten sind, kann ich Ihnen auch nachkommen. Leider ist das hier aber selten der Fall. Man verschweigt mir ständig etwas, selbst die wichtigsten Dinge. Auch auf *diese* furchtbaren Verhältnisse war ich nicht im geringsten vorbereitet! Ich bin entsetzt! Wie kann man Kinder nur so unterbringen?«

»Was kümmert Sie das? Ihnen ist doch sonst alles egal.«

»Das ist es nicht. Ich verbitte mir Ihre dauernden grundlosen Anschuldigungen.«

Als hätte seine schwache Gegenwehr sie eingeschüchtert, schwieg Fräulein Brendel unerwarteterweise, was ihn ermutigte, fortzufahren: »Erklären Sie mir das hier. Ich möchte verstehen können, was es damit auf sich hat. Also bitte.«

»Es ist alles richtig so, wie es ist. Das können sie mir glauben.«

»Ich will nicht glauben, sondern verstehen. Dazu müssen Sie es mir erklären. Würden Sie das wohl tun?«

»Ich sage doch: Alles hat seine Richtigkeit.«

»Das ist keine Erklärung, sondern eine Behauptung. Die nützt mir nichts.«

»Sie müssen mir schon glauben, daß alles in Ordnung ist. Mehr kann ich dazu nicht sagen.«

»Soll ich Herrn von Osk fragen?«

»Versuchen Sie es nur!« Sie lachte fast gutmütig. Dann sah sie Immner wieder herausfordernd an: »So, und was ist als nächstes zu tun? Nun wissen Sie nicht weiter, stimmt's? Wie kriegen Sie die Bälger wach? Na? Dann will ich es Ihnen mal zeigen, damit Sie sich nicht wieder beklagen, Ihnen würde etwas vorenthalten.«

Sie hob eine Eisenstange vom Boden auf, ging zum nächsten Käfig und fuhr mit der Stangenspitze quer über die Gitterstäbe, hin und her, unablässig. Zwischendurch drosch sie mit aller Macht auf das Gitter ein, daß Immner von dem Lärm der Schädel zu zerspringen drohte. Er haßte sie dafür, war jedoch gespannt, was geschehen würde. Um seine Ohren zu schützen, war er bis zur Tür zurückgewichen, von wo aus er Einblick in alle fünf Käfige hatte.

So konnte er beobachten, wie die konvexen Körperabdrükke auf den Pritschen in Bewegung gerieten. Nach einigem Sichwinden, Zusammenziehen und Ausdehnen wurden die Decken zurückgeschlagen, und kleine graue Figuren krochen heraus. Fräulein Brendel dachte derweil nicht daran, Ruhe zu geben. Immner preßte seine Hände auf die Ohren. Was er da apathisch in den Käfigen umhertaumeln sah, erinnerte ihn nicht an seine Schüler. Wenn es nun auch glücklicherweise nicht die Kinder waren, die unter diesen menschenunwürdigen Bedingungen gehalten wurden, stellte sich doch die Frage: Wer oder was waren es dann? Und was hatte das Aufscheuchen dieser grauen Figuren mit dem Herauslassen der Schüler zu tun?

Dankenswerterweise ließ Fräulein Brendel endlich von ihrer höllischen Perkussion ab und rief: »Eigentlich darf das hier niemand sehen!«

Immner kam der Gedanke, man habe ihm vielleicht aus diesem Grund vorher nichts davon gesagt, doch das ergab ja keinen Sinn. Und schon krachte wieder Metall auf Metall. Auf das Verhalten der Käfiginsassen hatte dies einen unverkennbaren Einfluß: Jeder einzelne kroch mühsam in das am Zellenboden liegende Stück Rohr. Immner nahm an, sie täten das, um dem Krach zu entkommen, und war neugierig, was Fräulein Brendel daraufhin unternehmen würde. Sie hörte auf zu lärmen und ließ die Stange fallen, sowie alle in ihren Rohren waren.

»Geschafft«, sagte sie erleichert.

»Und jetzt?« fragte Immner. Er verstand weder, was er soeben erlebt hatte, noch was damit erreicht sein sollte, wenn die unglückseligen Kreaturen in die Rohre getrieben waren.

Vielsagend wies Fräulein Brendel mit ausgestrecktem Arm in Richtung Tür. Als Immner sich umdrehte, sah er draußen die Kinder, wie sie zum Hauptgebäude gingen. Fräulein Brendel lehnte es ab, seine Fragen zu beantworten. »Sorgen Sie lieber dafür, daß die Brut jetzt ihr Frühstück bekommt«, riet sie ihm stattdessen und schritt hochmütig hinaus.

Er lief ihr nach und redete auf sie ein: »Das Frühstück ist auch so ein Punkt, über den man mich im unklaren gelassen hat. Gestern haben Sie es ja übernommen. Verraten Sie mir doch bitte, was ich zu tun habe!«

Ihre Antwort bestand lediglich in einem wütenden: »Unverschämt!« Mit beschleunigtem Schritt entschwand sie ins Haus.

Immner war das alles entschieden zuviel auf nüchternen Magen. Jemand mußte ihm endlich verraten, was die Schüler zum Frühstück bekamen. Das mußte schnellstens erledigt werden, damit er selbst frühstücken konnte – natürlich wieder bei König, wovor ihm schon graute. Dummerweise war König auch der einzige, den er jetzt fragen konnte, was zu tun war. Vielleicht hatte er ja gerade eine lichte Minute …

In der Absicht, bei ihm anzuklopfen, ging Immner den Flur entlang, als er lautes Geschirrklappern aus der Küche hörte. Versuchten die hungrigen Kinder etwa, sich selbst zu versorgen? Oder nahmen sie mangels Beaufsichtigung alles auseinander? Sein Einschreiten schien Immner gefordert, so uneffektiv es auch ausfallen mochte. Was sollte er zu ihnen, die ihm so überlegen waren, nur sagen? »Laßt euch bitte nicht stören«, paßte diesmal nicht.

Widerstrebend öffnete er die Tür, jede Menge Ungemach erwartend. Desto verblüffter war er daher, die vier Köchinnen vorzufinden, die ganz offensichtlich mit der Speisenzubereitung befaßt waren. Freundlich lachend sahen sie von ihrer Arbeit auf und wünschten ihm einen guten Morgen.

»Wir machen ab heute das Frühstück für die Schüler«, erklärten sie. »Das ist eine direkte Anweisung von Frau Rist persönlich. Die muß ja eine ganz hohe Meinung von Ihnen haben!«

Immner wußte nicht, was er dazu sagen sollte, aber ihm fiel ein Stein von Herzen. Nun war er das Problem los und konnte frühstücken gehen.

»Herr König wartet schon auf sie«, rief ihm eine der Köchinnen nach.

Ja, dachte er, *das ist das nächste Problem, das ich lösen muß.* Viele gemeinsame Mahlzeiten mit dem defekten Kollegen würde er bestimmt nicht mehr überstehen. Aber konnte er ihm sagen, daß er seine Gesellschaft nicht ertrug? Welche Methode gab es sonst?

So fand sich Immner also ein weiteres Mal an Königs Tisch wieder. Es wurde eine schwere halbe Stunde. Königs kopfloses Hantieren und seine Wiederholungen des schon erzählten Unsinns strapazierten die Geduld erheblich, seine Sprechweise war über Nacht noch fragmentarischer, noch stockender geworden. Immner hätte, um der Abwechslung willen, gern von seinen empörenden Eindrücken gesprochen, die er an diesem Morgen in der Schülerunterkunft gewonnen hatte, unterließ es dann aber, weil er fürchtete, König werde dann noch wildere Behauptungen aufstellen, und sprang zuletzt, als er es einfach nicht mehr aushielt, mit dem Hinweis auf, die Pflicht rufe.

»Bis zum Mittagessen«, sagte König. Diese Worte riefen eine nahezu panikartige Reaktion bei Immner hervor, die darin bestand, daß er ohne nachzudenken ganz schnell vorbrachte, über Mittag dringend in den Ort gehen zu müssen. König schwieg, er machte einen Eindruck wie jemand, der eine schlechte Nachricht möglichst gefaßt aufnimmt. »Aber zum Kaffeetrinken sind Sie da«, sagte er endlich, und der Tonfall seiner Worte hatte nichts Fragendes.

Höflich aber bestimmt wies Immner ihn darauf hin, daß er zwischen Mittagessen und Abendbrot unterrichten müsse, also keine Zeit zum Kaffeetrinken habe. Dann sah er auf seine Uhr und rief aus: »Schon so spät! Meine Schüler sind doch längst mit ihrem Frühstück fertig! Ich muß rüber zum Unterricht!«

Damit setzte er sich in Bewegung, er achtete nicht darauf, was König tat oder redete. Wenn er auch heilfroh war, entkommen zu sein, hatte er keinen Zweifel daran, sogleich vom Regen in die Traufe zu geraten. Die Zeit bis zur Mittagspause abzusitzen, während diese verstörenden Kinder nebenan zeichneten, war insgesamt kaum erfreulicher als Königs Gewäsch. Nach dem Unbegreiflichen, das er am frühen Morgen in ihrer Unterkunft erlebt hatte, waren sie ihm unheimlicher denn je und irgendwie sogar zuwider. Die unsichere Erinnerung an die eingekerkerten und von Fräulein Brendel brutal aus ihren Betten getriebenen Kreaturen suchte Immner heim. Er versuchte, sich Details ins Gedächtnis zu rufen, um endlich entscheiden zu können, ob es nun seine Schüler gewesen waren oder nicht. Doch wie objektiv mochten seine Eindrücke sein? Hatte er, weil er nicht hatte akzeptieren wollen, daß Kinder auf solche Weise gehalten wurden, möglicherweise lieber kleine, graue Gestalten in dieser Rolle gesehen?

Seine Pflicht gebot ihm festzustellen, ob die Kinder an diesem Morgen vollzählig erschienen waren. Der zu überwindende Widerwille war beträchtlich. Wie sie ihn wieder ansehen würden, falls sie überhaupt Notiz von ihm nahmen ... welche vernichtende Atmosphäre ihm in der nächsten Sekunde wieder entgegenschlagen würde ...

Er gab sich einen Stoß und öffnete die Tür zum Unterrichtsraum. Da saßen sie wieder an ihren Tischen, konzentriert zeichnend wie vor vierundzwanzig Stunden. Lumo fehlte noch immer. Ob Immner wollte oder nicht, er mußte sich nach ihm erkundigen. Ein weiterer innerlich verabreichter Stoß bewirkte, daß er die Kinder ansprach, ohne genau zu wissen, welche Worte er eigentlich wählen wollte.

»Guten Morgen«, hörte er sich sagen, »würdet ihr bitte für einen Moment eure Arbeit unterbrechen? Ich möchte mit euch reden.«

Die drei Mädchen und der Junge wirkten überrascht und nicht gerade begeistert von seinem Auftritt. Zweifellos wollten sie schnellstens weiterzeichnen.

Nun begann Immner, indem er versuchte, seine Stimme möglichst fest klingen zu lassen: »Euer Mitschüler Lumo ist heute schon den zweiten Tag abwesend. Wißt ihr, wo er sein könnte?«

Verächtlich, beinahe schon mit Abscheu, antwortete Engelfinger: »Der bekommt doch Einzelunterricht. Wissen Sie das etwa nicht?«

»Doch, das weiß ich schon. Aber gestern ist er nicht zum Einzelunterricht erschienen und war auch sonst nirgendwo zu sehen.«

»Natürlich nicht, er muß doch Herrn von Osk helfen.«

»Er hilft Herrn von Osk? Wobei?«

»Bei den Vorgereitungen fürs Schulfest.«

Damit war seine Vorstellungskraft hoffnungslos überfordert. Lumo half von Osk, der ihn für minderwertig hielt? Wie Immner bereits wußte, war alles, was dieses Mädchen von sich gab, mit äußerster Vorsicht zu genießen. Er wußte mithin noch immer nichts Konkretes über Lumos Verbleib und überlegte, ob es nicht sinnvoll wäre, mit von Osk darüber zu reden.

»Können wir jetzt weitermachen?« fragte Engelfinger giftig.

»Ja, ja, macht nur weiter«, sagte Immner resigniert und ging wieder nach nebenan.

Bis zur Mittagspause saß er grübelnd herum. Um zehn vor zwölf warf er einen Blick in den Nebenraum: Seine Schüler hatten sich offenbar wieder in ihre »andere Welt« verzogen. Erleichert, an diesem Mittag nicht mit König essen zu müssen, machte sich Immner auf den Weg in den Ort. Eigentlich hatte er ja Vierundzwanzigstundendienst und durfte das Haus gar nicht verlassen, doch das entlockte ihm nur ein verächtliches Lachen.

Natürlich: König stand in der offenen Wohnungstür. »Kommen Sie?« fragte er.

Fast schon grob verneinte Immner und fügte hinzu, daß er es ihm doch schon beim Frühstück angekündigt habe.

»Das weiß ich nicht mehr«, erwiderte König, als ob es schlicht außerhalb der menschlichen Möglichkeiten läge, sich daran zu erinnern.

»Es ist aber so«, schnappte Immner und ließ ihn stehen. Vielleicht war die schroffe Ablehnung in der Tat der einzige Weg, mit König vernünftig umzugehen.

Das Geld, das Immner aus seinem früheren Leben noch im Portemonnaie bei sich trug, war zwar dem allgemeinen Auflösungsprozess seiner alten Welt nicht anheimgefallen, drohte jedoch rasch verbraucht zu sein, wenn er für seine Verpflegung weiterhin selbst aufkommen mußte. Er rechnete sich aus, wieviel unter diesen Bedingungen von seinem Lehrergehalt übrigblieb und beschloß, diesen Zustand keinesfalls hinzunehmen. Ein weiteres Gespräch mit von Osk war unumgänglich, diesmal mußte wirklich eine befriedigende Lösung gefunden werden, er würde sich nicht wieder mit Unsinn abspeisen lassen. Die Entscheidung für eine offensive Haltung sowohl von Osk als auch König gegenüber, machte Immner Mut, auch das dritte Problem entsprechend anzugehen, die Frage, was es mit den rätselhaften Vorgängen in der Schülerunterkunft auf sich hatte. Während des Essens in der kleinen Pizzeria nahm er sich vor, am Nachmittag die Kinder selbst danach zu fragen.

Kaum in der Schule zurück, sah er sogleich König in der Wohnungstür stehen. »Kommen Sie zum Kaffee?« fragte der Verwirrte.

»Ich habe Ihnen doch schon gesagt, daß ich unterrichten muß.«

»Wen unterrichten?«

»Die Kinder, die Sie bis vor kurzem unterrichtet haben. Erinnern Sie sich?«

»Das sind keine Kinder.«

Die Wiederholung dieser Phrase brachte Immner dazu, König auf die skandalöse Unterbringung der Schüler anzusprechen. »Finden Sie vielleicht auch, daß das alles seine Richtigkeit hat?« fragte er ihn in Anspielung auf Fräulein Brendels Behauptung.

König setzte mehrfach zu einer Antwort an, produzierte aber bloß disparate Satzanfänge, die rasch degenerierten, sich gleichsam durch die Berührung mit der Luft zersetzten, bis sogar ihr letztes »Ääääh, ääääh, ääääh« verstummte.

Der oberflächliche Eindruck, König sei gestorben oder zumindest eingeschlafen, veranlaßte Immner, weiterzugehen. Lieber wollte er sich seinen unheimlichen Schülern ausetzen.

»Also bis zum Abendessen«, rief ihm König nach.

Doch da hatte Immner schon die Tür geöffnet, hinter der seine Schüler saßen und zeichneten. Er stellte sich wie ein Lehrer vor ihnen auf und bat zum zweiten Mal an diesem Tag um ihre Aufmerksamkeit. Sodann schilderte er kurz und bündig seine morgendlichen Wahrnehmungen in der Unterkunft, um mit den Worten zu schließen: »Fräulein Brendel vertritt die Ansicht, das sei alles vollkommen in Ordnung. Findet ihr selbst das auch?«

Die Antwort kam von Engelfinger: »Das sind wir doch gar nicht!«

»Was seid ihr nicht?«

»Die in den Käfigen«, sagte der kleine Junge.

Das Mädchen mit dem beachtlichen Zeichentalent belehrte Immner: »*Wir* wohnen sehr komfortabel.«

Und das dritte, etwas ältere, fügte hinzu: »Zu Hause.«

Zu verstehen war das absolut nicht. Immner hätte auf einer Klärung bestehen, ihnen Details notfalls abringen müssen, nur um endlich dahinterzukommen, was vorging. Doch ihn verließ unter ihren Blicken, angesichts der geschlossenen Front ihres besseren Wissens, wieder die Kraft. Mit der Auskunft, sie seien es nicht, denen das Unglaubliche geschah, mußte er sich zufrieden geben.

»Gut«, sagte er, »dann bin ich ja beruhigt.«

Damit zog er sich peinlich berührt in den Nebenraum zurück. Er haßte sich für seine Resignation. Den Nachmittag verbrachte er wieder lesend, bis es Zeit war, mit dem Schülerabendbrot zu beginnen. Heute wollte er nicht erst von Engelfinger daran erinnert werden müssen. Von nebenan war wie üblich kein Laut zu hören, nicht einmal das Kratzen einer Feder oder Papierrascheln. Immner war nicht sicher, ob da überhaupt jemand war.

Leise schloß er sein Buch, stand auf und ging in die Küche. Ob wieder das eine oder andere Brotmesser fehlte? Oder beide? Nein, es fehlte keins. Ein weiteres Mal schnitt er Brot und beschmierte die Scheiben mit der unappetitlichen Masse. Ihm fiel dabei ein, daß er keine Ahnung hatte, was eigentlich nach dem Abendbrot geschehen sollte. Es war immer nur davon die Rede gewesen, daß die Schüler zur Nacht in ihre Unterkunft gebracht wurden, und gestern abend hatte von Osk kurzerhand Fräulein Brendel damit betraut. Zur Not konnte er ja die Kinder fragen, wenn es so weit war.

Er brachte den Teller mit den zwanzig Schnitten in den Aufenthaltsraum. Von seinen Schülern war niemand dort, wahrscheinlich zeichneten sie noch. Zu gegebener Zeit würden sie sich schon einfinden.

Als er auf den Flur hinaustrat, nahm ihn König in Empfang: »Kommen Sie?« Der hatte ihm gerade gefehlt! Enerviert gab Immner ihm zu verstehen, daß es noch zu früh sei, er müsse warten, bis die Schüler mit Essen fertig seien. Und dann müßten sie noch in ihre Unterkunft gebracht werden.

»Ja, das habe ich früher auch getan«, sagte König gedankenverloren. Früher! Noch vor zwei Tagen war es so gewesen! Ihn zu fragen, wie dabei zu verfahren war, erschien Immner sinnlos.

»Nee, ich hab heute mal eine Konserve aufgemacht«, fuhr König zwanghaft fort, ohne sich darum zu scheren, ob der andere gerade Zeit hatte. »Da sind fünferlei Gemüse drin, die einen da, die grünen, und dann noch… ich komm jetzt nicht auf den Namen, aber auch das rote Zeug, das mag ich nicht. Schöne Stücke Wurst sind drin, so lang, nein so, und so dick.« Was auch immer dazu geführt hatte – sein Gehirn war weggefressen. Er gehörte in ein Altersheim.

»Ja«, sagte Immner gereizt, »ich komme, sobald ich alles erledigt habe. Jetzt muß ich mich um die Kinder kümmern. Das kann noch eine Weile dauern.«

Nun hatte er doch wahrhaftig eingewilligt, mit König zu Abend zu essen! Die Hirnlosigkeit war ansteckend!

»Ich hab alles aus der Dose in den Topf geschüttet und aufgewärmt«, leierte König gnadenlos weiter. »Manchmal wird es dabei zu heiß, dann muß man pusten, weil man sich sonst den Mund verbrennt. Als kleiner Kerl, da war ich noch nicht in der Schule, wie lange ist das jetzt her? Wir wohnten in ... in ... Dings... in der Stadt da ... ich weiß noch genau, wie ich da auch mal ...«

Immners einziger Trost war, daß er momentan sowieso nicht wußte, was er tun sollte, aber es wäre ihm lieber gewesen, einfach irgendwo zu sitzen und beim Warten gedankenlos ins Leere zu starren. Königs kopfloser Monolog verzehrte seine Lebensenergie. Wenn er innerhalb der nächsten Sekunden nicht als blasse, leere Hülle enden wollte, mußte er unbedingt diesem hirnerweichenden Einfluß entfliehen. Warum die Schüler nicht kamen, um ihr Abendbrot einzunehmen? Für diese Unterbrechung wäre er ja so dankbar gewesen! Aber es gab eine andere.

Während König in seinem eigenen Mentalmorast steckenblieb und immer zäher faselte, wurden mit einemmal Schritte auf dem Flur laut. Es war der unverkennbare Ton von Fräulein Brendels Absätzen. Seit dem Morgen war Immner ihr glücklicherweise nicht mehr begegnet, jetzt kam sie wie gerufen. Es war ihr deutlich anzusehen, wie sehr sie sein Herumstehen mißbilligte. König hielt augenblicklich den Mund, als das »Kind« Immner anklagte:

»Sie lassen Ihre Schüler schon wieder allein. Das muß ich Herrn von Osk melden. Ich habe ihm erzählt, wie Sie sich heute morgen angestellt haben, und wir sind zu dem Schluß gekommen, daß Ihnen das Wecken und Herauslassen der Schüler nicht überlassen werden kann. Künftig werde ich das ebenso erledigen wie das Einschließen am Abend. Den Schlüssel bitte.«

Immner angelte das sperrige Ding aus seiner Jackettasche und war froh, es loszuwerden.

»Und Sie«, sprach Fräulein Brendel dann zu König, »sollten doch wohl im Bett liegen, oder? Sie sind sehr, sehr krank. Wenn Sie zum Schulfest wieder auf dem Posten sein wollen, müssen Sie sich eisern schonen.« Vor ihr schien König großen Respekt zu haben, denn er nickte eifrig und machte sich sofort auf den Weg zu seiner Wohnung.

»Tun Sie doch *einmal* etwas Vernünftiges, Herr Immner«, riet Fräulein Brendel Immner auf beispiellos überhebliche Weise, warf den Kopf zurück und stürmte mit knallenden Schritten zum Aufenthaltsraum.

Nun hatte der so Gemaßregelte, abgesehen von seinem Bereitschaftsdienst, plötzlich Feierabend und wußte nicht, was er damit anfangen sollte. Der Kollege König enthob ihn solcher Ratlosigkeit, indem er ihm von seiner Tür aus zuwinkte. König zu entgehen, war ausgeschlossen. Stöhnend gab Immner nach. Für die Dauer des Abendessens gehörte er ihm.

König machte einen unkonzentrierten Eindruck, ganz so, als würde ihm alles zu viel. Und tatsächlich fing er gleich an zu klagen: »Das wird mir einfach zu viel, dreimal am Tag Essen machen! Wissen Sie, wann ich morgens aufstehen muß, damit das Frühstück rechtzeitig auf dem Tisch ist? Die Dings, die von vorhin, die hat gut reden! Von wegen, im Bett liegen! Das sollte ich wohl, aber wie kann ich es denn, wenn ich den lieben langen Tag am Herd stehen muß? Und dann hab ich noch den ganzen Abwasch von zwei Personen, auch dreimal am Tag! Ich komme nicht dazu, mich mal ein halbes Stündchen auszuruhen. Bloß immer Hetze, Hetze, Hetze! Essen richten, abwaschen, einkaufen … Lange halte ich das nicht mehr durch.«

Immner war sprachlos. »Ja, aber«, war er endlich zu erwidern imstande, »es erwartet doch niemand von Ihnen, daß Sie dauernd Essen machen. Sie brauchen mich nicht zu verpflegen!« Er schöpfte Hoffnung.

»Irgendwas essen muß man aber doch«, sagte König, »und allein essen ist so traurig. Ja, solche Sorgen haben die hohen Herrschaften nicht, die da drüben. Der Kerl hat mir doch tatsächlich seine Frau angeboten, und ob Sie es glauben oder nicht, die war einverstanden! Zusehen wollte er uns dabei! Aber das ist längst nicht alles, o nein! Der … der … ääääh … unser Höchster hier … im Büro oben …«

»Herr von Osk?«

»Von Osk, jawohl. Der und die, na, die von vorhin, die machen es auch mit denen da drüben. Die haben sich doch alle vier um mich gerissen, damit ich bloß auch mitmache.«

Das mußte definitiv die letzte Mahlzeit mit diesem Bedauernswerten sein, jetzt war Schluß. Sowie Immner aufgegessen hatte, dankte er für die Gastfreundschaft und kündigte an, nun gehen zu müssen, weil er noch einiges zu erledigen hätte. Er erhob sich vom Stuhl.

»Ich bin heute früh um sechs aufgestanden«, begann König in aller Ruhe.

Immners Hände umklammerten die Stuhllehne derart krampfhaft, daß ein weicheres Material als Holz unweigerlich zerkrümelt worden wäre.

»Wie ich dann da raufgegangen bin, war noch keine Seele zu sehen.«

Wovon er redete, wo er »raufgegangen« war, mochte der Teufel wissen. Nach dem rätselhaften Satz machte er eine Pause. Immner sah ihm an, daß er angestrengt nachdachte. »Ach nein«, sagte König dann, sich selbst korrigierend, »das ist ja erst morgen!« Von dieser Erkenntnis überwältigt, nahm er die Anwesenheit seines Besuchers nicht mehr wahr, und dieser konnte sich endlich davonstehlen.

Die Erwähnung des morgigen Tages ging Immner nach. Da war Samstag, und er wußte natürlich nicht das Mindeste über die Organisation der Wochenenden. Wurde am Samstag unterrichtet? Wenn ja, wie lange? Was geschah am Sonntag? Es war weder anzunehmen, daß Fräulein Brendel am Wochenende arbeitete, noch daß sie eigens herkäme, um die Schüler am Morgen herauszulassen und am Abend einzusperren. Dies alles wurde bestimmt stillschweigend von ihm erwartet. Sicherheitshalber mußte er also am nächsten Morgen doch früh aufstehen.

In diese Überlegungen vertieft, stieg er die Treppe zu seinem Zimmer hinauf. Zwischen der ersten und der zweiten Etage kamen ihm plötzlich von Osk und Fräulein Brendel entgegen. Völlig abgekämpft sahen sie aus, ja, wie nicht ganz nüchtern, wollte es Immner scheinen. Nur flüchtig, mit einem peinlich berührten, nahezu schuldbewußten Ausdruck, grüßten sie ihn und gingen weiter, so schnell es ihr Zustand erlaubte. Was hatte sie wohl so mitgenommen? Und von woher mochten sie kommen? In der zweiten Etage waren laut Fräulein Brendels Auskunft außer Immners Bleibe doch nur die Zimmer jener ominösen Filmstudentinnen, über die niemand sprechen wollte. Es drängte sich die Vermutung auf, daß es noch einen Raum gab, einen, den der Schulleiter und sein »Kind« für heimliche Intimitäten nutzten. Immner fand es am besten, künftig so zu tun, als ob man sich gar nicht begegnet wäre.

In seinem Zimmer legte er sich aufs Bett und schloß die Augen. Müde war er und wollte nur seine Ruhe. Der Tag war auf anstrengende Weise seltsam gewesen, entschieden *zu* seltsam. Ihn baldigst zu beenden und zu schlafen, konnte nur gut tun. Da klopfte es. Unwillkürlich dachte Immner, das könne nur Fräulein Brendel sein, mit neuen absurden Vorwürfen. Vielleicht wollte sie ihm aber auch sagen, was er am Wochenende für die Schüler zu tun hatte.

Immner ging öffnen und bekam einen Schreck. Denn vor ihm stand kein anderer als Lumo. Zwei Tage lang war der impertinente Kerl ihm erspart geblieben – mußte er ihn denn unbedingt jetzt heimsuchen? »Was willst du?« fragte Immner.

Überhaupt nicht aufsässig, ja geradezu artig antwortete Lumo: »Ich komme zum Einzelunterricht.«

»Jetzt? Muß das heute abend sein?«

»Ich bekomme immer freitagabends Unterricht.«

Lumos Ton und Blick hatten etwas Unschuldiges, von dem dreisten Lümmel, den Immner kannte, schien nichts übriggeblieben zu sein. Er war wieder so handzahm wie in Königs Wohnung. Was tun? Der Einzelunterricht dieses Individuums gehörte nun einmal zu den Dienstpflichten, daher ließ Immner ihn notgedrungen herein.

Der Junge hatte eine kleine Mappe dabei und lief damit zielstrebig auf den Tisch zu, so war er es offenbar gewohnt. Er nahm Platz und legte seine Mappe ordentlich vor sich auf die Tischplatte. Dann sah er den Lehrer gelassen, beinahe unbeteiligt an, ohne den geringsten Anflug von Bosheit. Ein liebenswürdiger Junge, konnte man meinen. Hatte König ihn etwa doch zutreffend beschrieben? Immner fragte sich, aus welchem Grund Lumo bei ihrer ersten Begegnung so unverschämt gewesen war. In jedem Fall erschien es ihm angeraten, nicht allzu freundlich zu sein.

»Nicht, daß ich dich vermißt hätte«, redete er ihn daher mit einer gewissen Strenge an, »aber wo hast du denn seit gestern gesteckt?«

»Ich hab gearbeitet.«

»Gearbeitet? Was denn?«

»Dem Direktor hab ich geholfen.«

»Herrn von Osk?«

»Ja.«

»Wobei hast du ihm geholfen?«

»Bei der Schulfestvorbereitung.«

»So? Was habt ihr denn da gemacht?«

»Darf ich nicht verraten, es soll eine Überraschung werden.«

Ob das stimmte? Engelfinger hatte das gleiche behauptet. Immner hatte starke Zweifel, fand es aber besser, das Thema fallen zu lassen.

»Also gut«, sagte er, »dann zeig mir mal, was du zuletzt bei Herrn König gezeichnet hast.«

Aber statt die Mappe zu öffnen, legte Lumo die Hände darauf und sagte mit gesenktem Blick: »Ich mag nichts zeigen.«

Diese Weigerung verblüffte Immner. Weshalb belästigte ihn der Knabe dann überhaupt, wenn er doch nichts zeigen wollte? Am liebsten hätte er gesagt: »Dann kannst du ja wieder verschwinden«, tatsächlich aber gab er sich einfühlsam: »Warum denn nicht? Sollen die Zeichnungen vielleicht auch eine Überraschung werden?«

»Nein, die nicht.«

»Warum zeigst du sie mir dann nicht?«

Lumo änderte nichts an seiner Haltung. Leise und ernst sprach er: »Ich kann das Zeug nicht mehr ansehen. Das muß aufhören.«

»Du meinst das, was du bei Herrn König gezeichnet hast?«

»Ja.«

»Du magst also nicht, was du im Einzelunterricht bei Herrn König gemacht hast?«

»Das hasse ich.«

»So schlimm ist es?«

»Ja.«

»Wie ist der Unterricht bei Herrn König denn gewesen?«

»Gut.«

»Nein, ich meine, wie ist das vor sich gegangen? Hat er dich einfach zeichnen lassen, was du wolltest?«

»Nein.«

»Dann hat er es dir gesagt?«

»Ja.«

»Wirklich? Wie ist ist das genau gewesen? Er hat dir doch nicht jeden einzelnen Strich vorgeschrieben?«

»Da müssen Sie ihn bitte selbst fragen. Ich möchte nichts Falsches sagen.«

»Zeichnest du gern?«

»Nein.«

»Gar nicht gern?«

»Nein.«

»Aber es gibt doch sicher etwas, das du noch weniger gern tust?«

»Ja, essen.«

»Essen? Du ißt nicht gern?«

»Nein.«

»Na, du mußt doch essen, sonst …«

»Ich lehne Nahrung ab.«

»Du lehnst Nahrung ab?«

»Ich habe seit Jahren nicht mehr gegessen.«

Es war sinnlos. Auf so etwas gedachte Immner sich nicht einzulassen. Keine Fragen mehr, keine Unterhaltung. Er mußte den Burschen loswerden.

»Wenn du mir nichts zeigen willst und sowieso ungern zeichnest, dann hat es auch keinen Sinn, wenn ich dir Unterricht gebe. Das siehst du doch ein, oder?«

»Doch, ja.«

Lumo stand auf und ging mit seiner Mappe zur Tür. Mit den Worten: »Auf Wiedersehen bis zum nächsten Mal«, verließ er das Zimmer.

Immner schloß erschöpft die Tür. Er atmete tief durch. Für heute reichte es. Er wusch sich und ging zu Bett. Schweren Herzens stellte er den Wecker auf sechs.

In der Nacht träumte er von König, der plötzlich auftauchte und fragte: »Kommen Sie zum Kaffee?« In endlos langen Sequenzen erlebte Immner dann wieder und wieder die ödesten Szenen am Tisch seines beschädigten Kollegen, hörte ihn faseln: »Nee, ich hab mir heute mittag mal eine Dose aufgemacht. Den Inhalt muß man in einen Topf schütten und aufwärmen. Neulich hatte ich Wurst drin, die Stücke waren so lang und so dick.« König zeigte es umständlich mit den Fingern, korrigierte sich mehrmals. Aber auch die Sorge um den Wochenenddienst verfolgte Immner im Traum. »Was ist mit den Schülern?« fragte er den omnipräsenten König beunruhigt, weil er glaubte, es sei Samstag. »Hat sie jemand herausgelassen und ihnen Frühstück gemacht?« Mental hoffnungslos überfordert, sah König ihn an. Ein paar Stammellaute stieß er aus, dann kam nichts mehr. Immner träumte etwas anderes, doch unweigerlich kam König wieder darin vor und leierte: »Sie können kommen, es ist alles fertig ...«

Gegen Morgen drang ein lautes Geräusch in sein Bewußtsein. Beharrlich war es und mit der Zeit stärker als Königs Erscheinung. Grelles Licht überflutete den kleinen Raum. Unter großen Mühen die Augen öffnend, registrierte Immner, daß jemand mit einem metallenen Gegenstand erbarmungslos auf die Gitterstäbe einschlug. Eine gellende Frauenstimme schrie dazu: »Stehen Sie endlich auf! Das Schulfest hat angefangen!« Andere Stimmen, dem Klang nach die von Kindern, mischten sich hinein: »Kommen Sie!« »Die Studentinnen der Filmklasse zeigen ihre Semesterarbeit!« »Machen Sie schnell, sonst verpassen Sie das Beste!«

Gepeinigt schlug Immner die Decke zurück und quälte sich von seiner Pritsche herunter auf den Steinboden. Eigentlich hatte er nicht die Kraft, bis zu dem Kanalisationsrohr zu kriechen, aber der furchtbare Lärm trieb ihn voran. Sobald es ihm erst einmal gelungen wäre, den Kopf in das Rohr hineinzustecken, würde es besser werden. Mit jedem Zentimeter, den er sich weiter vorwärts schöbe, mußte der Krach nachlassen. Doch als er dem Ziel ganz nah war, löste es sich vor seinen Augen auf, wie vorher schon König. Nun wirklich wach werdend, identifizierte Immner den nach wie vor anhaltenden Lärm als Klopfen an der Tür. Auch wurde er noch immer gerufen, aber wie er erkannte, waren die Urheber nicht seine Schüler, sondern es war König. Draußen war es noch dunkel. Immner sah auf den Wecker: Viertel vor drei! Was wollte König mitten in der Nacht von ihm? Vielleicht gab es im Rahmen des Vierundzwanzigstundendienstes etwas zu tun? Andererseits fand Immner es auch denkbar, daß König ihn nur fragen wollte, ob er am nächsten Morgen zum Frühstück käme. Verärgert stand er auf und öffnete.

»Es ist Viertel vor drei«, herrschte er König an.

Der machte ganz den Eindruck, als ob es einen Notfall gebe. »Schnell«, rief er aufgeregt, »kommen Sie mit!«

»Wohin? Was ist denn los?«

»Nee, es ist wegen der … der … na, die von unserem Obersten!«

»Ich weiß nicht, wen Sie meinen.«

»Doch, die im Büro, mit den Absätzen!«

»Fräulein Brendel? Was ist mit ihr?«

»Vielleicht geht sie kaputt. Sie müssen helfen. Kommen Sie schon!«

»Wie könnte ich ihr helfen?«

Doch von König war nichts Brauchbares zu erfahren, er wiederholte nur einmal mehr seine Aufforderung. Immner gab auf.

»Warten Sie«, sagte er und zog sich schnell Hose und Pullover über den Pyjama. Dann folgte er König nach unten. Daß Fräulein Brendel nachts im Hause war, wunderte ihn. Er konnte sich nicht vorstellen, daß sie in der Schule wohnte. Vielleicht hatte sie Überstunden gemacht, als ihr etwas zugestoßen war? Jedenfalls war sie jetzt nicht im Büro, denn König eilte ins Parterre, geradewegs zu seiner Wohnung, deren Tür offen stand. *Hier?* dachte Immner überrascht, *hier soll sie sein? Hat König womöglich Halluzinationen? Was mach ich dann bloß mit ihm?*

Königs Ziel war nicht, wie sonst, das Eßzimmer. Stattdessen führte er Immner zu einem Raum, den dieser noch nicht kannte. Offenbar handelte es sich um Königs Schlafzimmer. Ein unangenehmer Geruch herrschte darin. Alle verfügbaren Lampen waren eingeschaltet und beleuchteten eine Szene, die Immners Müdigkeit restlos verfliegen ließ.

Vor dem Bett standen in gebeugter Haltung von Osk und der Arzt, der früher schon in Königs Wohnung gewesen war. Die beiden verdeckten teilweise eine auf einem Stuhl sitzende dritte Person. Von ihr konnte Immner gerade genug sehen, um Fräulein Brendel zu erkennen. In der Tat stimmte etwas nicht mit ihr. Leblos zusammengesunken, drohte sie vom Stuhl zu fallen, was von Osk zu verhindern suchte. Er sah wieder aus wie an dem Abend, als er am Buchungsautomaten gesessen hatte, weißes Hemd, hochroter Kopf. Schrecklich waren die Laute, die Fräulein Brendel ausstieß: ein lautes Wimmern und Stöhnen, aus dem sicher ein Schreien geworden wäre, wenn nicht der Unterarm des Arztes in ihrem Schlund gesteckt hätte. So jedenfalls erschien es Immner, der beim besten Willen nicht wußte, was er bei alldem tun sollte. Ratlos stand er herum und versuchte zu begreifen, was eigentlich geschah. Eine Frage zu stellen wagte er nicht, die Situation ließ dies für sein Empfinden nicht zu.

»Das war dieser verdammte Lumo!« keuchte jetzt von Osk. Der Arzt knurrte etwas, das Immner nicht verstand. Von Osk wechselte seine Position, so daß er Fräulein Brendel verdeckte, und wiederholte: »Das kann nur dieser Lumo gewesen sein!«

Immner hatte ja schon mitbekommen, daß der Schulleiter nichts von Königs Musterschüler hielt, und er selbst hatte ebenfalls keine gute Meinung von dem rätselhaften Individuum. Nun sollte Lumo gar die Schuld an Fräulein Brendels elendem Zustand tragen?

»Geben Sie mir die Zange«, forderte der Arzt von Osk auf. »Beten Sie, daß ich ihr nicht den Hals aufschneiden muß! Es ist eine gottverdammte Sauerei! So was gehört eigentlich in ein Krankenhaus!«

»Es gibt kein Krankenhaus mehr«, ließ sich König hören, der ebenfalls untätig herumstand. Inzwischen hatte von Osk dem Arzt eine Zange aus dessen Koffer gereicht. Fräulein Brendels Innerem entrang sich ein wildes Röcheln und Gurgeln, daß Immner die Haare zu Berge standen. Der Geruch im Zimmer war kaum mehr zu ertragen. Warum öffnete niemand das Fenster? Mit furchtbarer Stimme fing nun von Osk an zu jammern: »Kind, Kind! Verlaß mich nicht! Du darfst nicht sterben! Ohne dich gibt es kein Schulfest! Dann will ich auch tot sein!«

»Machen Sie es nicht noch schlimmer«, fuhr ihn der Arzt an. »Haltung, Mann! Wie soll ich denn sonst arbeiten? Fassen Sie jetzt hier an. Feste! Ja, so.«

Der Rücken des angestrengt hantierenden Mediziners spannte sich, ein knirschendes, aber auch schmatzendes Geräusch ertönte, und gleichzeitig stieß Fräulein Brendel einen durch ein Hindernis in ihrer Kehle gedämpften Schrei aus. Wenn Immner sie auch hassenswert fand, hatte er in diesem Moment doch Mitleid.

»Jetzt kann Blut kommen«, sagte der Arzt zu von Osk. »Schnell, die Schüssel und den Lappen!«

Augenblicklich sprang von Osk zur Seite, um das Genannte zu holen. »Ich bring ihn um, diesen verfluchten Lumo!« krächzte er dabei.

Was dann geschah, konnte Immner nicht sehen, weil nun beide Männer den Blick auf die Patientin verstellten.

»Weiter zurückbeugen«, befahl der Arzt. Wieder das schreckliche Geräusch und ein halberstickter Schrei.

»Wird sie sich bis zum Schulfest wieder erholt haben?« fragte von Osk ängstlich, erhielt aber keine Antwort. »Gleich ist alles gut, Kind!« wandte er sich sodann an die Gemarterte. »Gleich hast du es geschafft. Es ist gleich draußen, Kind!«

»Vorsichtig jetzt!« rief der Arzt. »Gerade halten! Ich glaube, es geht ohne Aufschneiden. Achtung!«

Ein Geräusch, von dem Immner glaubte, es würde ihn den Verstand kosten, entstand und brach jäh wieder ab. Ein hilfesuchender Seitenblick zu König zeigte ihm, daß dieser im Stehen eingeschlafen zu sein schien.

»Da ist das Scheißding«, hörte Immner von Osk sagen.

»Wie oft soll das noch vorkommen?« fragte der Arzt, und Immner sah, daß der Mann ein naß glänzendes Brotmesser in Händen hielt, kein anderes als das verschwundene, von dem Fräulein Brendel behauptet hatte, sie hätte es zwischen den Schülerakten gefunden. Es war also schon wieder verschwunden gewesen! Und nun hatte man es irgendwie aus Fräulein Brendel herausgezogen? Der Arzt reichte es von Osk und kümmerte sich um das stöhnende Häufchen Elend, das sich mit seiner Hilfe auf Königs Bett legte.

Von Osk wischte das Messer an dem Lappen ab, dann kam er damit auf Immner zu. »Hier«, sagte er, »bringen Sie es bitte in die Küche und reinigen sie es gründlich. Ich danke Ihnen.«

Immner schrak zunächst davor zurück, das Messer anzufassen, gab sich aber einen Ruck. Froh, der widerwärtigen Umgebung endlich entkommen zu können, trug er den fatalen Gegenstand mit spitzen Fingern zur Tür. Er hörte noch, wie der Arzt von Osk zurief: »Passen Sie auf, sie muß sich übergeben!« Im nächsten Moment war Immner draußen. *Nie wieder werde ich diese Wohnung betreten,* schwor er sich.

Auf dem halbdunklen Flur standen drei Personen, die Immner erst als seine Schüler identifizierte, als Lumo vortrat und fragte: »Ist sie tot?«

»Die doch nicht!« erwiderte Immner. Nun sah er, daß die beiden anderen Engelfinger und ihre Tischnachbarin aus dem Unterrichtsraum waren. Alle drei blickten schweigend auf das Brotmesser in seiner Hand. Immner fand, daß sie verändert aussahen. Ob es an der nächtlichen Stunde lag oder an der soeben erlebten Szene, unter deren Eindruck er noch stand? Nein, die Kinder sahen zweifellos älter aus. Als er Engelfinger und ihre Mitschülerin genauer betrachtete, stellte er an ihnen eindeutig weiblichere Formen als zuvor fest. Auch ihre Körpergröße mußte zugenommen haben. Ihm war, als hätte er sie zwei, drei Jahre lang nicht gesehen. Weshalb waren sie überhaupt hier und schliefen nicht in ihrer Unterkunft oder wo auch immer sie wohnen mochten? Engelfinger zündete sich eine Zigarette an. Es ihr zu verbieten, kam Immner nicht in den Sinn, vielmehr sah er ihr geradezu fasziniert dabei zu.

»Willst du wieder schlafen gehen«, fragte ihn Engelfinger, nachdem sie den Rauch des ersten Zugs ausgestoßen hatte, »oder kommst du mit uns?«

Es wunderte ihn selbst, daß ihm nichts anderes einfiel als zu antworten: »Aber das Schulfest …« Lumo schüttelte den Kopf: »Es wird nie ein Schulfest geben. Alles nur Einbildung.«

»Und was wird aus meiner Anstellung bei dieser Schule?« wollte Immner wissen.

»Hier löst sich alles auf«, antwortete Engelfinger.

Immner schmiß das Brotmesser achtlos zu Boden und wischte sich lächelnd die Hände an der Hose ab.

»Gehen wir«, sagte Engelfinger. Die andere junge Frau hakte sich bei Immner unter mit den Worten: »Wir haben es schön da, wo wir leben. Du kannst für immer bleiben.«